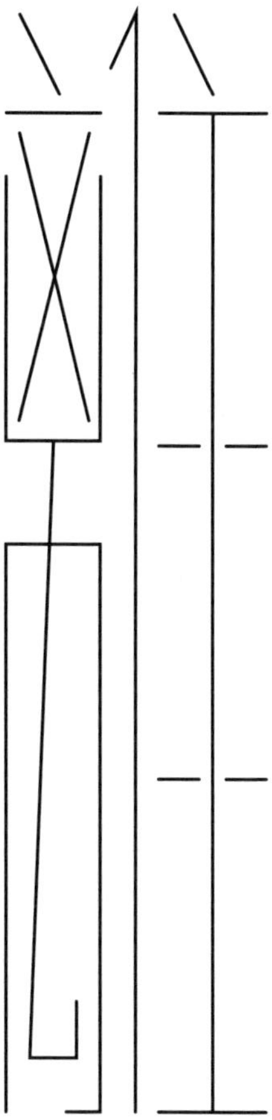

潘國靈

序

小說背後，我的前塵

對上一本小說集，已經是二〇一三年的《靜人活物》（不計二〇一五年的《存在之難》，這主要是一本小說選集，而且在市面上幾乎已找不到了）。自創作長篇小說《寫托邦與消失咒》（二〇一六），感覺逐漸遠離短篇的寫作，這也不僅止於小說，大約在二〇一六年，我主動停掉了報章一些寫了長期的專欄，也沒有寫作應然與否，只是聽喚自己內在的生命步伐，需要更長的伸展、更深沉的潛行。但短篇小說還是會寫的，有時應雜誌約稿，有時將長篇一些單元獨立發展，而更重要的是，短篇小說的多變性、自身作為一門藝術仍然深深吸引我，仍想在這片空間上作實驗，沒想過會終結。而收在這集子中的，跟我早年的小說集如《病忘書》（二〇〇一）、《失落園》（二〇〇五）、《親密距離》（二〇一〇）等等，一點不同或者是沒那麼由一兩個主題來貫徹，但也並非沒有我一貫關切或著迷的元素在其中。集子收入的十多篇小說，創作的時間跨度頗大，大概橫跨二〇〇七年至二〇二〇年（當然，並不是說這些年我只寫了這些小說），在這期間，社會發生許多變化，小說不一定跟隨社會步伐走，但時代的氛圍，以至具體社會事件，也或多或少銘刻其中，譬如回頭看，有好幾篇寫及雨傘運動乃至後雨傘情狀（如〈離島上的一座圖書館療養院〉、〈失城二十年〉、〈灰爆〉等）。當然我也無意單以社會尺度來衡量文學，以至對文學過度社會化（當「社會化」成文學必然的要求時，於創作而言，於閱讀而言）亦有所保留。他人、城市、時代這些元素之外，我始終也重視小說個人或曰私密性的一面，對自我書寫並不排斥，關鍵在寫的時候，是否有血脈流動，至於如何呈現、融入，直白或轉化，赤裸或隱藏，並無一個定法。說到底，個人化與社會性並不必然相悖，小說總是事實與虛構、個人與集體的緊密編織。在這些小說篇章累積的十餘年期間，生命中的人離離合合，天堂的光瞥過深淵的黑浸過，有人曾說我是不老的潘彼得，但我終究還是由一個朗月高歌的青年，慢慢地變成一個沉默暗啞的中年。小說寫的不是作者自己，但從小說中，或者也可觀照到一點作者生命遞變的痕跡。

此小說集另一點不同，如可說是特徵的話，就是好些是參與城中的藝術計劃而生。其中，有以文字為主的藝術計劃（如作家駐場），有與其他藝術媒體跨界合作的嘗試，這些年間，我曾合作過的其他界別有來自建築的、電影的、劇場的、視覺藝術的，我平常是一個頗孤僻的人，與其他人合作可以把我從自己的房間抽出來，我珍惜與人談話也總是對別人所做的感興趣，但每次跨界合作還是感到一定困難，除了人、機構、環境的因素，這必然也牽涉文字與其他藝術本質的異同，有時可擦出一些火花，有時極力對話但始終有所隔絕。但回頭來想，嘗試過大體還是好的，尤其當所有活動展覽限期過後，文字作品還是能獨立地留存下來，有著較長的生命。這佔了此小說集的若干篇。

收在這小說集中的，也有比較「正常」出現的：編輯約稿，或者個人投稿。編輯約稿有時因雜誌專題而交來一個命題，有人以為命題書寫與創作相違，我又覺得不必然或不至如此，只要那命題不是鎖得太緊，而如果命題本身與作者扣連，作者自也可從中作出自己的構想，寫出自己的東西來。當真命題不感冒，便乾脆推掉。至於個人投稿，則完全是自己某階段醞釀的，有些短篇寫了告一段落，有些或者仍如迴旋曲般在未來的作品中變奏或重生。

因為以上種種，感到交代一下每篇小說背後的由來，應也是有意義的，連起來或也可見鋪排上的一點心思（詳見以下）。十多篇小說，其中較多發表於《字花》和《香港文學》。後者，於去年猝逝的陶然先生，不知從哪年起，每年一月分他都會策劃一期「香港作家小說專號」。由二〇一一年至二〇一八年，每年我依期赴約（雖然也有幾乎交不出的時候），這讓我在小說創作上有所累積，獲得一點延續的力量。在此一提，謹向這位前輩致謝。

〈離島上的一座圖書館療養院〉

與藝術家白雙全相識於二〇〇七年，拿了同一個藝術基金獎助於紐約差不多時間旅居一年；繼後「合作」在二〇一三年Para Site主辦的「疫年日誌」，其實也不算是合作，而是一次對談，收錄於一本書中，談關於SARS和疾病與創作的關係等。真正合作要等到二〇一九年，英國Wellcome Trust以「Contagious City」作主題分別在紐約、倫敦及香港三地籌劃展覽，其中香港的合作夥伴之一有油街實現，由此促成一次富實驗性的跨界合作。當時我們不想單從傳染病來談，計劃未正式展開前幾經討論，最後我們將主題設定為「閱讀感染」（Contagious Reading），探討閱讀行為的傳染性，閱讀作為抗體以至病毒的可能。由文字出發，我先創作小說文本，以此為基礎，再由團隊轉化為展覽、工作坊、讀書會，也有以小說拍成的短片錄像等。小說〈離島上的一座圖書館療養院〉由此生成，在計劃期間（正式舉辦日期為二〇一九年三至六月）亦獲一些靈感和回饋。最初構思將一座有幾分像秘密組織的私設圖書館放於離島，除了是天馬行空，實也有政治隱喻在其中；小說較重虛幻之筆，但寫至後來也出現具體地點如長洲，這座分佈於離島不同角落的圖書館，收留各種失落離散的靈魂，說是療養院，其實也是一座瘋人院。計劃進行中以至後來，團隊稱我作「館長」，其實館長只是小說的一個角色，但的而且確，這座我一手築成的療養院或瘋人院，自己也住進其中。

小說裡的單元先後發表如下：

〈顛倒與離人〉，原刊《明報》世紀版，二〇一九年三月二十四日。

〈地下抄寫室〉，原刊《明報》世紀版，二〇一九年三月三十一日。

〈圖書館運動區〉、〈愛的塵土區〉，原刊《字花》二〇一九年五—六月第七十九期。

〈圖書館幽靈區〉，原刊《香港文學》二〇一九年七月第四一五期。

〈油街十二夜〉（附非虛構作品〈我在油街的日子〉）

二〇一六年十月，參加了油街實現首度舉辦的「在油街寫作——隱匿的鯨魚歌唱」，為期三月（計劃由香港文學館和油街實現主辦，正式時間為二〇一六年十一月至二〇一七年一月底，但由未正式開始前至延後留駐，則大概由二〇一六年十月至二〇一七年五月），期間以某種方式在油街實現駐場，進行創作。〈油街十二夜〉為是項計劃完成後交出的一篇作品。小說取材自駐場期間的經驗，揉合建築物及該帶一些史實、現況及都會傳說，集紀實和虛構而成，寫成一篇散文體小說，包含歷史、地方誌和鬼魅的故事。原刊《字花》二〇一七年九—十月第六十九期。

另一篇非虛構作品〈我在油街的日子〉，則記述參加是項寫作計劃的經歷和一點反思，對理解小說創作背後應有幫助，也一併於集子中收入。原刊《端傳媒》二〇一七年四月二十五日。

〈失城二十年〉

寫小說那麼些年，所謂「二次創作」，至今其實只有兩篇，一是二〇〇四年應香港藝術中心之邀，向西西《我城》致敬，重寫「我城」於當下，我花了數月，寫成中篇小說〈我城零五〉。除《我城》為主要文本外，當中互文本的其實還有〈浮城誌異〉、《美麗大廈》、「肥土鎮系列」等。這篇小說收於合集《i城志》（二〇〇五）中，後收於個人小說集《靜人活物》（二〇一三）中。

另一篇要到二〇一八年暑假收到當時《字花》編輯李昭駿邀約，為雜誌「重寫本土」創作，挑選香港一文學作品進行再創作。我想了一想，便選了黃碧雲的〈失城〉，寫了一篇〈失城二十年〉延續其故事，時空大概橫跨一九九四至二〇一四年九月止（這時間當然非屬偶然）。詹克明和愛玉的女兒長大了，衰老的伊雲思回港一趟，召喚出場的人物或鬼魂還有陳路遠、林桂等等。編輯給與的篇幅原是五千字，寫到五千五百多字才收結，同時希望留有餘音。小說刊於《字花》二〇一八年九—十月第七十五期。

〈灰爆〉

有一段時間，我對不同城市的地鐵文化十分關注，某程度上，從地鐵可以讀出不少城市癥候。香港的地鐵高度文明，微細的規管以關愛之名無孔不入，置身其中，對聲音、符號極敏感的我，常感這個日常生活場景，既是日常也是異常，既是有序也是失序之交疊。穿著黃色制服維持秩序的地鐵職員如細胞分裂般不斷增生，小說由此塑造角色與場景，也藉此描畫了社會在雨傘運動後一段日子的疲憊狀態。記得小說是一個週末在大學圖書館一筆寫成的。至於在「反修例運動」中，地鐵出現硬橋硬馬以至包括前喎喀兵的「特遣隊」，則是後來的事了。小說刊於《香港文學》二〇一八年一月第三九七期「香港作家小說專號」，曾被譯成英文（宋子江翻譯），見 *Cha* Issue Dec 2017：http://www.asiancha.com/content/view/3009/636/

〈睇住〉

電影《十年》，最初在香港還是有戲院上映的，不久落畫，非關票房，後轉至社區放映，遍地開花。這電影我是在二〇一六年一月五日於當時還是

UA太古的戲院看的。沒料到後來與這電影結下文字之緣。《十年》擬出版影碟，編輯饒雙宜邀約，就電影中的故事《方言》創作與之有關的短篇小說。原作多少制約了創作小說的語調，但也是一次難得的玩樂實驗，我以較久違的黑色幽默之筆，創作了小說〈睇住〉，收於《十年・內外》，隨《十年》（十Book: Box Set）DVD出版；二〇一六年十月二十一日。

〈踢腳慧嬰〉

小說應《字花》當時編輯洪曉嫻之邀，以「惡童」為題，來函說「意在剝開『純潔兒童』的外表」，我復想起張愛玲「對於小孩則是尊重與恐懼，完全敬而遠之」一話，一向甚得我心，尤其對於「港孩」。以詭異荒誕之筆寫成短篇小說〈踢腳慧嬰〉，可沒理會曉嫻當時正身懷六甲，不知她看小說時，有沒有感到肚內有小腿踢動，她好像也以此回郵幽了一默。只記得這篇小說擱筆時，好像做完一場運動，有一種暢快之感。小說刊於《字花》二〇一五年九－十月第五十七期。

〈2047浮城新人種〉

二〇〇七年七月一日，《藝術地圖》（*Artmap*）「響應」香港特別行政區回歸十周年，由藝術家又一山人策劃，出版一份「一日完」仿製報紙《明天日報》；我的小說多是處理過去或當下，不太以未來落筆，當時受邀也作興一番，以荒誕擬仿了一篇「新聞小說」，小玩而已。

以上三篇，都有點黑色幽默成分，或可當作整本小說集的間場，中場休息。

小小說〈身外物，心上人〉、閃小說七則

此小說集也收入小小說及閃小說（flash fiction）若干篇。小小說〈身外物，心上人〉於二〇一四年七月完成，收於《城市文藝》二〇一五年四月第七十六期。幾篇閃小說則是應陶然先生之邀，應他策劃的一期「世界華文閃小說展」而寫，結果當時寫了七則，一期刊不完，分了兩期先後刊於《香港文學》二〇一四年六月及七月號。其中一則，後來被我納進了一個短篇小說之中，編這小說集時，加回由《讀者文摘》約寫的一篇更袖珍的，於是又湊回七篇。顧名思義，「閃小說」比「小小說」更短更袖珍，講求意念，當為實驗遊戲玩玩也有趣，適可而止。

〈面之書〉、〈記憶修復員〉

〈記憶修復員〉和〈面之書〉分別刊於《香港文學》二〇一六年七月第三七九期，和二〇一七年一月第三八五期「香港作家小說專號」。印象中，後者其實更早一點開筆，大概寫於二〇〇八年在紐約曼克頓公寓旅居的日子，到發表時又隔了好些年月。兩小說都與新科技、愛情和人際關係有關，合起來看或也增生另一趣味。

〈兩生花店〉

一段時間我對櫥窗人偶頗入迷，尤其於入夜看到畸零古怪者，〈兩生花店〉與較早一篇的〈不動人偶〉（收於《靜人活物》）同樣以櫥窗人偶為題，兩題旨不同，但同時牽涉那時我也非常入迷的 Doppelgänger（重象雙身），兩篇可看成「姊妹作」，有興趣可找來並讀。〈兩生花店〉初刊於《南方人物周刊》二〇一四年十月二十七日三十七期，及《香港文學》二〇一五年一月第三六一期「香港作家小說專號」。

〈婚姻與獨身——現代彼得潘的原初情結〉

最後一篇，應該也是這小說集中寫於最早的一篇，大概開筆於二〇〇七年，此時想寫一個長篇小說，連名字也擬好了，叫《三個人的雙重奏》，透過一男二女三個角色，每章處理一個「古典命題」，包括婚姻與獨身、喜劇與悲劇、屍體與身體、哲學與文學等等，這些都是我當時思索、與生命切切相關的存在母題。小說時空橫跨二十年，角色由少年成長至中年，寫了幾萬字，結果卻完成不了。但說是胎死腹中又不完全，其中也獨立發展成一些短篇或其他文章。〈婚姻與獨身〉是其中一篇，後來發表於《香港文學》二〇一四年一月第三四九期「香港作家小說專號」。其他篇章，如寫屍體與身體的成了〈屍體與身體——一個少年醫學生的自畫像〉（收於《親密距離》），寫喜劇與悲劇的則成了〈悲喜劇場〉（收於《靜人活物》）。〈悲喜劇場〉和〈屍體與身體〉裡的女主角分別取材於現實生活中我認識多年的兩個知交（當然經虛構和轉化），相對來說〈婚姻與獨身〉或最有當時的自況意味（儘管小說角色非作者自身），寫時注入了一點拉岡心理學和海德格哲學（小說裡那男主角在大學唸哲學，與此有點相關），以為理論與人生應也可互相接通。這或者可以說是一篇較哲學的小說。

創作小說，我一直不以某種文體或主義為定，多年來追求不同的表現形式，因應題材、當時的構思及心境而變；集子內收入的十多篇小說，奇幻、紀實、歷史、地方誌、荒誕、黑色幽默、哲學小說不一而足，而好些篇章則有幽靈鬼魅暗晃，與其說是時代之所然，不如說是作者自身的觀照和召喚。

二〇二〇年一月三十一日

這小說集於二〇二〇年年初編罷，交給出版社，因疫情及其他原因稍有延誤，擬於二〇二一年中前出版。期間收到《字花》總編輯關天林邀約，以「路」為主題，關於主角一天的行程經歷來創作小說，由此寫成複合了城市與不同人身影的〈在街上跳最後一場離別舞〉，刊於《字花》二〇二〇年九－十月第八十七期。既是一天，也是永劫。說是往返時光，也是回不去了。我把這篇小說置於本小說集最後一篇，恍若一個循環。

二〇二〇年十月十一日補筆

●編按：因作者創作語境，書中述及之人名、書名、電影名……等，均以香港譯名為主。

目錄

離島上的一座圖書館療養院

I　顛倒與離人

1

我第一次碰到他時，他坐在中央圖書館門前石級上看書，看的是塞萬提斯的《唐吉訶德》。城中看這小說的人不多，更奇怪是他把書倒轉來看。看書看傻了腦的人，在這圖書館中我也見過不少，但他一邊看書（倒轉的文字）一邊在喃喃自語，吟哦的聲音好像唸咒一樣。於是我禁不住上前搭訕。

「書本倒轉來也看得到？」

「歐陽鋒倒練九陰真經也可以，是高手的話，有甚麼不可以？」

「這個，金庸的《射鵰英雄傳》，我倒是讀過。」

我想，西方現代文學上，唐吉訶德可說是第一個讀書讀瘋了的人（中了

「騎士小說」的毒，令他思覺失調，把巨人當風車，把酒店當城堡，把妓女當仕女，而最嚴重的是——把自己當成騎士），而金庸筆下的歐陽鋒，也未嘗不可列入其中，不過他讀的是武林秘笈——黃蓉倒背過來給他口述的。

面前這位倒讀《唐吉訶德》的人兄好像看穿了我的心思。他放下書本，細細聲在我耳邊說道：「老兄，別問我是誰，我知道你的名字就是『你』，我想我們是有緣人，我且告訴你一個秘密。」「真正精彩的圖書館不在這裡，而在一個離島上。在這城中鮮為人知，但我到過。」

「離島？這城大大話話有二百多個離島，你說的是哪一座？」

「它不是其中一座離島，它的名字本身就叫『離』島。像我，本身就是一個『離』人。」

他捲起一支菸，娓娓向我道來，這座不知出自他幻想，還是真有其事的——離島上的一座圖書館療養院。

2

這傳說中的圖書館，建在一個離島、孤島、浮島、堆填島或人工島之上。很多方面，它是我城公共圖書館的倒影，或對照。

首先，它不是官方公共的。嚴格來說，它是一個私人書齋，因為規模較大，所以也可說是一座圖書館，也可叫做私設圖書館。因為屬私人性質，它的規律可以由自己來定，享有較大的自由。但它又不完全是一個人的，它半公開，行會員制度，受邀或有緣闖進的人，就是這圖書館的用者，或共同管理者，有點像一個秘密會社。

館主身份不明，有點像一個神秘教派的教主，有人說他是一個愛書如命的人，有人說他是一個前精神科醫生（本身也許亦是病患者）。博爾赫斯說：「我心裡一直都在暗暗設想，天堂應該是圖書館的模樣」（〈關於天賜的詩〉），但在我城，沒有人會相信這話（《柏林蒼穹下》的天使不會現身於我城圖書館）；但這位圖書館療養院館主（院長），雖不信神（更確乎說，那座圖書館正是「遭神棄之地」），卻仍相信圖書館是「治療靈魂的場所」，某程度上這座圖書館也是一個療養院，儘管並不適合所有人，但某些與書有生命契合的人，會在這裡找到一個位置，一點生之力量。

因為建立在浮沙之上，這座圖書館是一個傾側的塔樓，有沉降的跡象。昏黃霉舊，散發蟲蛀書頁的味道，活在剩餘的時間中。沒有光亮的落地大玻璃，有的是一扇扇圓拱木窗戶。地面鑲著核桃木、樅木、櫻桃木的地板，圖書館散發著一陣陣木香。沒有電動扶手梯和子彈升降機，只有螺旋樓梯，和通到天花板的木製書梯。沒有數碼容器，沒有電腦屏幕，只有紙本書，舊式圖書館目錄卡木櫃甚至還存在。黃銅燈罩，有的還點著燭台（不怕火嗎？火素來是書的剋星。沒有人不知道阿歷山大城圖書館是如何因一場大火而毀的）。然而沒有一點危險就不構成人生（況且館主是抽菸的）。普羅米修斯在這圖書館還有其位置。除燭台外也有紅色燈罩掛著城中棄用的鎢絲燈泡，泛黃的燈光打在書本上，竟又有點像我城的舊式街市。

有別於我城的圖書館，這座圖書館於下午至深宵開放，因此也可稱它為一座：陰影圖書館。在這裡，塵埃不被厭棄。消毒酒精不需，沒有人需要戴口罩。有人醉心地嗅著書頁被翻揭時散發的樸實香氣。即使是（或許恰恰是）霉氣、瘴氣，也是美好的，一如書頁的發黃，殘缺的書頁、書角，於書本來說，有殘缺才有生命（相對於永不發黃、永不脫角的電子書）。黃昏時分，光柱從敞開的窗戶射進來，浮塵從書頁以及人的皮膚抖落，在自然光和圖書館開始亮起的團團燈光中飄舞。

3

說到這裡，眼前的景色亦進入了黃昏。眼前那「離」人把指縫間夾著的香菸送入嘴中，徐徐呼出一個煙圈，在空中飄散。煙霧吹入我的眼中，奇怪剛才那本倒轉的《唐吉訶德》，頃刻變了黑皮燙金字封面的《聖經》，斜陽落在燙金字上反射出一片金光。金光連同煙霧射進眼內，使我下意識瞇起眼來。不過是數秒吧，再睜開，眼前已是另一片境地，我置身於那座異象圖書館的入口處。

II 圖書館運動區

我走進這座離島上的圖書館療養院，玄關服務櫃檯走出一個身穿黑色長袍的男子來，他自稱是這裡的圖書館療養員，看來卻像一個教士或修士的模樣。他說，我在這裡等著你。他開始帶我走進圖書館內，一邊跟我攀談，也像在對我一人作佈道。

「看書是很美妙之事，我自己也是一名嗜讀者，但《聖經》傳道書的話你聽過嗎：『著書多，沒有窮盡；讀書多，身體疲倦。』知識無窮，但其無窮盡也可叫人心發狂，你當聽過浮士德何以跟魔鬼作交易。即使我們沒有一個人博學貪婪如浮士德，但我們都是血肉之軀，我們的身體跟書本一樣，會隨時日朽腐。久讀不動，你的脊樑會扭曲，比書脊更脆弱，書本開啟眼睛，也可叫眼睛昏蒙。」

我一邊聽著一邊跟著他腳步，來到地下一樓，一處標著「圖書館運動區」的地帶。「看書是太靜態的活動，你看書也看得太多了。現在，剛好是我們放風的時候。這裡，每晚都有看書做運動的時間。你既然在這時間到來，又好久不動身軀，今天，就試試在人生中，做點不同的事吧。」

區內正中橫排著一個個書架，但周邊則是橢圓形的。天花板奇高，書架都是木製的。不像我城圖書館因空間有限，要運用伸縮書架連排鎖上，用時攪動滑輪或按電子按鈕將書架分開，這裡書架之間有充足空間讓人駐足。

我看到，有人在圖書館書架間散步。

「在書架間走來走去，隨興摘下一本書翻閱書頁，這門藝術，在我城中已幾近失傳了。」在旁的教士，不，圖書館療養員說。

有人在圖書架間跳高。

「因為書架很高，連書梯也通達不到，這小孩不斷跳高企圖提取放在書架上最高的一本書籍。日子有功他自己也不斷長高起來。」

有人在書架間旋舞。

「她本身是一位編舞家，在這裡也留了一段日子。她一直在構思排演一場舞蹈，有人拿書作道具，有人穿起羊皮衣當舞衣。我等候著，她將這場圖書舞完成，在這裡上演。人的身體與書的身體都需要活動，能做到彼此融合、無分彼此，就最好了。」

有人在書架間持傘漫步。

「這女子，說幾年前在城中『雨傘運動區』去過一個自主圖書室，後來折返，一切了無痕跡。她一直在重尋這個雨傘圖書室，尋著尋著就來到這裡。不知怎的，這女子卻令我想到電影《秋水伊人》，也許都是美麗而注定消逝的東西。」

書架之間有一些典雅擺設，如地球儀。有人攤開身體四肢彎曲仰臥在巨大的地球儀上，不知是他自身發力轉動地球儀，還是隨地球儀的滑動而轉動身軀。

「這人想遊遍整個世界，結果卻被自己的世界困著，但無論如何，將地球儀攤開，它也是一本大書。」

也有人只是把書從書架上拿下來，再放回去，當成一種勞動。

「那失明但當上了圖書館館長的博爾赫斯曾說：『在圖書館裡拿起一本書

再放回去，就是在勞動書架。』他的話總是智慧之言。」

有人在牆上攀爬，肢體動作，好像在模仿一隻甲蟲。

「這人看書走火入魔，他剛從噩夢中驚醒，想像自己變成了一隻大毒蟲。」

「這些圖書館裡的特別讀者，有一個名字，叫圖書形體員／運動員。好了，你看了那麼多，現在你想好了，要選定怎樣的運動或姿勢嗎？」修士，不，圖書館療養員說罷，在胸前劃了一個十字，然後邁步走開，逕自圍著圖書館運動區橢圓形的邊緣跑步，好像要以自己的雙腿，來丈量它彷彿循環不息的邊界。

Ⅲ 地下抄寫室

我城的圖書館雖然收有不少作家手稿，但已經沒有（或不曾有過）中古時期傳下來的真正繕寫室或藏經閣了。但在這座離島上的圖書館療養院中，地下其中一間房間則闢做抄寫室，門前貼上「e-dubba」一字，即「刻寫板屋」（tablet house）。最初的抄寫刻在泥板上，後來是紙莎草，後來是羊皮紙，這圖書館療養院院長（館主）雖愛復古，但未至於此，大家用紙張抄便可以了，但傳統抄寫員用的鐵筆（stylus）則仍是用的。

我是司職這抄寫室的安娜女祭司。這職位自然是院長想出來的，他根據米索不達米亞的傳統而創，世上最早的抄寫員（scribe）就出現於這國度。鐵筆則是米索不達米亞抄寫員信奉的女神妮莎巴（Nisaba）的象徵。抄寫員多為男性，但歷史上最早有自己名號的抄寫員是一名女子——西元前二三〇〇年出生的安喜杜安娜公主（Princess Enheduanna）；她既是一名公主，也是月神娜娜（Nanna）的女大祭司。我怎麼可以當上這抄寫室的安娜女祭司，說來話長，但我主要想說的不是自己的故事。

既是月神娜娜的女大祭司，抄寫活動自然安排於晚間進行，在月亮當空之時，就是抄寫員抄得最入神的時候。但有別於外邊的人喜歡圓月（滿月），我們這裡偏愛新月，以至以此為祭祀期，因貪其形狀，月如鉤，掛在天空也恍似一枝鐵筆。

當抄寫員拿著鐵筆全神貫注地抄寫時，我，可以見到一環光圈罩在他們的頭頂上。抄寫需要極度專注，但我的出現不會騷擾他們，因為我早練就輕飄走路，也不會像課室的班主任般，一邊在桌邊穿梭一邊察看他們抄寫的文字。事實是我不需要看，便可感受得到，否則便不配稱為祭司了。但切忌誤會，他們膜拜的不是我，而是文字。每一個抄寫員都是一個虔敬的文字學徒，他們透過逐筆抄寫，一字不漏地在書本的字裡行間穿行，燈下的文字成全了他們的抄寫，他們的抄寫也復甦了燈下的文字。

城中無休止敲打鍵盤的聲音在這裡退潮。我側耳傾聽，鐵筆如刀刮在紙張上，這人的手仍然年輕有勁，那人的手日子有功有點廢了，混在他們各自的吐息聲中，雖然他們集結一起，我卻能分辨各自的細微差異。

抄得入神的時候幾可通靈。像這位，反覆抄著愛倫．坡的詩〈大鴉〉（*The Raven*）時，有渡鴉停棲在窗外的簷篷上，聲聲喊著傷心欲絕的「Nevermore」。

喜歡中國詩詞的，這裡還是有的。這個抄著：人生到處知何似／恰似飛鴻踏雪泥／泥上偶然留指爪／鴻飛那復計東西……

這個抄著：雁過也，正傷心，卻是舊時相識。

如果他們齊心合作，或者真可叫，百翅齊拍，百鳥齊鳴。

詩歌再長還比較容易抄完。這個可是最有耐性的，一筆一筆抄著《百年孤寂》，到抄完了，可能真是回頭已是百年身，邦迪亞家族六代盡都傾覆。抄到最後一章，他把字越抄越細，好像要把抄寫當成細密畫般，當成一門秘技流傳。當抄到塵埃落定的最後一段時——「然而，他還沒看到最後一行，就明白他自己永遠也走不出這個房間了，因為遺稿預言，當倭良諾看完遺稿的時候，這個鏡花水月的城鎮（或說是幻影城鎮吧）將會被風掃滅，並從人類的記憶中消失，而書上所寫的一切，從遠古到永遠，將不會重演，因為這百年孤寂的家族被判定在地球上是沒有第二次機會的。」臨終停頓的那句號不知會是何等細呢。

抄寫員用的是鐵筆，蘸的是墨水，城中文具店已近乎絕跡的玻璃墨水瓶在這裡源源不絕。也有人煉製出另類的墨水。這個，是的就是她，她的名字叫NANA（日文中，「七」的意思），進來這圖書館療養院說要尋回曾幾何時去過，城中「雨傘運動區」「自主圖書室」的那個女子，抄寫的字跡無痕，用的是一種隱顯墨水（Sympathetic Ink），等候一天一場火把字燒出痕跡來。我只怕字未燒出痕跡，紙首先便被燒焦了。或者這正是她的本意，像一個人在家中燒舊信紙般。最初我以為她用以煉製隱顯墨水的是檸檬汁，但原來是她自己的淚水。

這慌失失的女子令我想起自己。七年前我來到這裡，也是一個失魂落魄的人（所有「尋找失物」的人身上都帶著的氣質）。圖書館療養院的文字嚮導／文字巫師把我帶到這裡來。我的名字叫悠悠。文字嚮導自稱自己的名字叫余心。我在外邊為尋找失落了的另一半遊幽而誤闖進來。余心跟我說，因為抄寫需要高度專注，排除雜念，靜心抄寫也有治療的作用，這裡抄寫員都是自願和義務的，無一是強迫的。抄寫甚麼，我最初茫無頭緒。余心給我遞來《心經》。色不異空，空不異色，色即是空，空即是色。後來我抄的是《金剛經》。在反覆抄了不知多少回後，有天我彷彿突然參透，「一切有為法，如夢幻泡影，如露亦如電，應作如是觀」。我不再需要尋找那個消失了的人，他的影子沒了，「應無所住而生其心」。而我便一直留下來，三年前，成了這抄寫室的安娜祭司。

我現在不用鐵筆抄，不在紙上抄。我把字抄在一個沙地上，在這房間盡頭的一角。我用自己的食指在沙上寫字。為和應那個誓要把《百年孤寂》抄到最尾的抄寫員，我這刻抄著城中作家西西〈肥土鎮的故事〉的最後一段：「沒有一個市鎮會永遠繁榮，也沒有一個市鎮會恆久衰落；人何嘗不是一樣，沒有長久的快樂，也沒有了無盡期的憂傷。」為和應那個用隱顯墨水抄寫著的女子NANA，我抄寫著的也是西西的另一篇小說〈雪髮〉：「它們稍後都消失了。我已經說了，我不明白緣故。初九說，把什麼也看不見的相片紙浸在顯影液裡，畫面就會漸漸顯出來。我只知道，把所有的東西放在歲月裡，不久就都隱去了。」抄寫的文字只存留於沙地一陣子，等候一捺大風，將之吹散。間中我抄寫時有鳥兒伴我，降落在沙地上，鳥兒在沙地上款款踱步，牠們也是大自然的抄寫者，足爪在沙地上如隨機也像神啟般留下如同楔形文字的符碼，在徹底消失前等待有緣人將之破解。

IV 圖書館幽靈區

1

我曾經跟她說過，一個有點冒險但也不盡是瘋狂的構想。我希望在城中一間圖書館打烊關門後，在圖書館的燈光熄滅下來後，偷偷地留下來，就在深宵的圖書館中，在無人發覺下度過一宵。我本來想的是獨個兒。後來因為她，她說她也曾這樣想，我們就說好，有機會要一起試試。說的時候我們天真地以為這是不難實現的心願，只要有點膽識便可，當時好像還勾了勾手指尾，互相碰了一下手指頭。但幾年下來，這心願始終沒有實現，冒險的構想只停留於腦際，或許這純粹只是情到濃時的一段情話，所有戀人身上都有的一股冒險精神。或許這願望最終只能由我一人達成，像電影《春光乍洩》黎耀輝與何寶榮本來約好一起尋訪伊瓜蘇瀑布，最終走到瀑布水簾幕面前的，獨黎耀輝一人。

伊人獨憔悴。

2

城市之光，以往我們說燈光璀璨，現在我們說光害。在城市中，完全伸手不見五指的黑暗已經不可理解。城中的商廈、公共建築關門後不少仍燈火通明，圖書館亦不例外，儘管燈光暗下來，多數仍半亮著。如果全黑，那留宿下來便要自備手電筒，在書架間行走自是添了難度。半明不暗正有利於遊蕩。但隨即我想到監控鏡頭。除非留宿者躲於圖書館監控鏡頭未能覆蓋的死角，否則在光之中，很難不現形於監控鏡頭之下。但如果只躲於死角，那就不成在深宵的圖書館做一隻孤魂。那不如就豁出去吧，或者即使被監控鏡頭照到，在中央監控室坐著的管理員也不會為意，說不定他還在打瞌睡。又或者，即使他真看到有影子在鏡頭前晃過，也會真的當成是遊魂野鬼般不敢招惹。不過，事實是，一切只留於我的腦際；如果我不提起，她或許已忘記了我們曾經有過這樣的一個構思。

3

像生活中不少的奇思，在日常生活中它被放在塵封的一角，直至一天收到一封來函，沒署名，但我認得她的筆跡，只有一行字：「最南，或者，最北。八月十五日，八時，圖書館見。」消失了近一年的她以一個謎語「現身」，這多少也符合她一貫謎一般的性格。

我查了一下城中的圖書館，最南的一個在長洲，最北的一個在沙頭角。「南下」或「北上」，我最後選了南下，去一趟長洲。我們去年最後一次出行，就在長洲，這也是我父母年輕時在遷出市區前的家鄉。

長洲公共圖書館在長洲大興堤路二號，設於市政大樓二樓，除了比較小，格局環境跟城中一般公共圖書館大同小異，但平日關門時間較晚一點，於八時關門。黃昏斜陽還未盡落時，我吃了晚飯溜進去。圖書館的人不多，離島的人大抵都比較悠閒，我的到來對職員來說形同空氣，或者我本人走路多少就像一個缺了重量的影子——自她離開了我以後。

約定的時候（如果真是最南的話）在八時，也即是我必須待到圖書館關門一刻。我拿了一本書進廁所，躲在一個廁格內，待圖書館打烊後留下來，實踐我們未了的探險，或者重遇。突然「啪」的一聲，燈全關，外邊的餘暉也盡滅。

4

我從廁格出來，打開我的手電筒。頃刻我想到，小時候母親說，不要在漆黑中突然開手電筒，如果碰著是鬼魂，給你突然照著，會定著，但手電筒掣已按，已經遲了。光束落在圖書架上。奇怪，剛才進來時，圖書架仍是城中公共圖書館那些典型鐵架製的模樣，面前被光束照著的書架卻變成木書櫃，我索索鼻子，甚至嗅到木香。我走到其中一個書架，從書架上拿下書來，用手電筒一照，書頁發黃，霉點斑斑，散發著一股蟲蛀的味道。

突然有人從後喚我。我想到小時候母親說，鬼如果要招你的魂，會在你背後喚你的名字，呼你一聲你應了，你一邊膊頭的蠟燭便熄了，再喚一聲，你再應，另邊膊頭蠟燭再熄，此時若第三聲喚你，你再應，便取你的命。但他只是喚我「喂」，沒有喚我的名字，所以我轉臉望向他。他說：「小子，你怎麼這個時候仍留在這裡？」「圖書館關門時，我剛好在廁所，出來就是這樣了。」

「那你來到，也是有緣人。」「這是長洲公共圖書館對嗎？」「是離島沒錯，這裡是離島上的一座圖書館療養院。長洲圖書館是其中一個結界入口，但只在特別的時節打開。」「圖書館療養院？特別日子？我只知道今天是八月十五日。」「是八月十五日沒錯。陰曆則剛好是七月十五。」「七月十五？」「是，中元節，盂蘭節。」我打了一個冷顫，故作鎮定地問：「那老伯，你又在這裡幹甚麼？」「我是這裡專職替作家門括弧的人。」「門括弧？」「即是替作家標上死亡年分。一些作者，尤其是早年的，出生年分還沒死亡年分確鑿。每年這城死去的作家也不少。在一年之盡時，我負責把該年度逝世的作家的書移到『幽靈區』，在這裡，剛加入死亡行列的作家，將獲得一個季度的悼念。每個辭世作家將擁有一個臨時骨灰龕，以作家一部代表作作靈照。去年待我門括弧的作家特別多。多到現在也八個月了，我的工作還沒有完成。」「二〇一八年，確是幻滅之年。」

一刻我懷疑是不是她——我失散了的娜娜，故意跟我安排的惡作劇。以她天馬行空的性格，加上一點戲劇因子，未必想不出眼前的突異處境。但即使能想出，但於現實上調度出一個合作者，一起跟她扮鬼扮馬，又添了難度。於是我直接問眼前這個專職替作家門括弧的人，也探探口風：「這裡，有一個女子叫娜娜來過嗎？」「噢，我們這裡有不同區域，有圖書館運動區，有地下抄寫室，有圖書重組區等等。你說的娜娜，好像沒來過我這區。」「這裡是甚麼區？」「剛才便提過，這裡是圖書館的幽靈區。」

「不過你說的娜娜，在其他圖書館療養員口中，我還是聽說過的。」他一邊說我一邊跟著他腳步移動。他帶我走經一個標示著「圖書館運動區」的地方，中間橫排著一列列書架，周邊則是橢圓形如一個跑步場的邊界。這裡空無一人。「住在這圖書館療養院的院友，讀書太多，這裡專給他們放風做做運動，好舒展身軀。不過現在已過了放風的時候，所以無人。但我聽過在這裡做佈道的圖書館教士說，有一個女子常在這裡持傘漫步。照教士說，這女子曾去過城中雨傘運動區一個『自主圖書室』，之後折返，圖書室卻消失不見。她一天慌失失闖了進來，聽說她持傘漫步時的出神神態美麗極了，連我這幽靈使者都想一睹。也許，也許，她就是你說的娜娜。」話說進我心中了，我在四年多近五年前，的確在城中這個自主圖書室中與娜娜重遇，由此綻放出一朵燦爛無比的感情的花。

「這個娜娜在這裡也很有名了。」說到這裡，我們拾級而上，已來到一個標示著「地下抄寫室」的區域。「動態的活動之外，靜默地抄寫，也是屬靈的活動。這裡每晚都有十來個抄寫員，靜默地在這裡抄寫他們各自挑選的書。在月亮當空之時，他們尤其抄得入神。」「那為甚麼今天這裡是空的？」「專司職這區的安娜女祭司，按傳統是抄寫女神也是月神的女祭司，她跟外邊世界不同，偏愛新月，貪其形狀如鉤，不愛圓月或滿月，凡事圓了便完了。今天正好是月圓之夜，抄寫員休息一天。」是特意安排嗎，竟又撲空。「不過，你這個娜娜，在這裡也是有名的。」「有名？願聞其詳。」「抄寫員以男性為多，聽安娜女祭司說，這裡有一個女的，名字叫NANA，一般人抄寫用鐵筆，蘸以墨水，但NANA抄寫時字跡透明無痕，聽安娜女祭司說，原來她以自己的淚水，調製出一種特別的隱顯墨水。這些以隱顯墨水抄寫出來的文字，等待有天以火燒出字痕來，或等待有緣人讀到吧。」聽到這裡，我無法不疑心周圍上演的就是一齣劇場，陰風陣陣，也許連風也是風機吹出的。

經過一條長廊，我們來到了一個「圖書重組區」。「這裡是這所圖書館療養院的實驗區。厭倦了杜威系統將書本以書脊直立陳列成一排排如車牌號碼的人，可應徵前來這裡作重組員，實驗不同的重組書籍的可能，譬如以書本砌出一面塗鴉牆。一個骨牌。一道病房裡的彩虹。以作家之間的親密度來凝聚或分開，譬如你想把決裂了的沙特與卡繆、高達與杜魯福放回一起，也是可以的。」但現在這個區域也是空無一人。「在這裡我又聽聞過一個叫那那的院友的故事。那那花了不少時間，挑藍色的書封面，一本一本鋪開砌成一面牆，紅色的書封面砌成另一牆，剩下一面她想砌成一面白，可惜白色的書封面不多，她始終沒有砌成。」「那第四面呢？」「第四面則是藍白紅三色混合。聽說這個那那很喜歡法國文學和電影。」說到這裡，我已可以斷定，持傘漫步的女子、用隱顯墨水抄寫的NANA，以至這個欲以書封面重組出一個法國三色書室的那那，都是同一人，我要找的人。

「那到底娜娜在哪裡？我跟她失散一年了。早前我接到信她邀我今晚前來。我們很早前有一個約定。」「如果我們說著的是同一個人，她一定在這座圖書館療養院的。她半年前登記進來，一直沒有離開。」「那你帶我見見她吧。我們還有甚麼區域沒去。」

「唉，未及問你名字。」「靈。」「靈，這座圖書館療養院是半公開的，有點像一個秘密會社，開設這私設圖書館的院長／館主身份不明，來者受邀而來，或有緣自行闖入。難就難在，這座圖書館療養院分南北兩座，分別坐落城中最南和最北一端。你今夜來到最南一座，我不確定此時你找的娜娜，是否身處最北一座。如果你有心要找她，恐怕你也要親身待下來。我帶你潛進一條隧道，漫長漆黑無盡頭的時光隧道，可以帶你由南走到北。但這條隧道設在我們初碰見的幽靈區，一年之中只有今天打開，現在距離亥時之末，尚餘一炷香的時間。」

我們加快腳步回去，回帶般沿來時路拾級而下。他帶我回到我打開手電筒那時位置。奇怪我步出來的廁格變了一個人形洞兒。

專職替作家門括弧的人說：「照我所知。北面那座圖書館有幾個區域。一是朗讀洞穴室，設在一個陽光照不進的地下洞穴。在這洞穴室中，朗讀員回到人類默讀風氣通行之前，眾人嘰哩咕嚕，在交談聲中誦讀書本，讓書開口說話。朗讀書本文字外，也可向洞穴壁訴說一本書與他個人的故事，以書本追尋一段回憶。」

門括弧人續說：「另外還有一個圖書館懲教處。歷年來，為文字、書籍帶來傷害的人多不勝數，但要活捉、綁架他們又太恐怖且不可能，這座圖書館懲教處只能奉行『自首／懺悔』機制。有作者為寫下自覺羞恥的書前來，他們獲得的懲罰，是於或長或短的刑期內，只能看回自己的書。有因『編輯之傲慢』將原作者文字擅自更改至減損其文學性的編者回來，把原文稿還原。錯字連篇的書籍，校對回來贖回，罰抄錯字。為書籍添上透明膠袋『異質物』的書籍從業員，要為書籍拆膠袋，以『滅塑』行動為社會服務令。無人認領，本不該面世的劣質書籍，則會遭分解、還原為樹木、冬衣、紙漿；囚徒在放風的時候，可於紙漿湖中泅泳。」

「這個圖書館懲教處我若找到，恐怕我要在那裡無期徒刑了。」

「我知，我看得出來，你也是一個作家。」

「最徒勞之事，也許是過去一年，浪費紙張寫了太多思念她的故事。」

「像這一篇嗎？」

「是。」

「最後，我還要告訴你，那邊還有一個『愛的塵土區』。但這區我沒到過，聽說每個進去的人，看到的風景都不同。它是失愛者之地，是每個失愛者的心象室，覆滿愛的塵土。我無愛人，因此與這區絕緣。也只有無愛者，才抵受得住我現在所做的工作，終年累月地與死去的作家為伍。好吧，我不能多送了。祝你好運，路途上小心，我不想那麼快為你門上括弧。」

我走進了黑暗的隧道，經過了長洲戲院，經過了用竹棚架起的神功戲台，經過了陰風陣陣的東堤小築，穿越了這城傳奇的張保仔洞……。我離開了這城最南的島嶼，經過了鐵路，經過了大橋，經過了千山萬水，向著城中最北之地前行。娜娜，我的幽靈愛人，希望你在彼邊等候我。

LIBRARY ASYLUM
圖書館療養院

V　愛的塵土區

我是追著她的腳蹤、聽著她的心音、偵測著她的腦電波、抓著我們之間越發變得纖薄如繫著風箏的線，一步一步來到這裡的。這裡是一座離島。你可能會問：這城少說有二百多座離島，你說的是哪一座？我不知道，我唯有告訴你，它的名字本身就叫「離」島。（如她之於我，由心上人變成半心人，而終究變成一個「離人」。）我與她數年前在城中雨傘運動區「自主圖書室」中重遇（所有的相遇，都是久別重逢？未知原來是劫）。我一直說要重回這個地方，最少幾趟我在夢中曾依稀折返，但她告訴我，這個地方早不在了，煙消雲散了，找不回來了。我聽了，不置可否，她低下頭，低吟：「不是人人都可通回原初之路。」原初之路被堵截了，不在外物，而是自己的心。

在她遠行出走人間蒸發之時，受傷的我闖進了這座圖書館療養院。守在門口的圖書館員在我心口戳上一個號碼：０９２９。她說：這號碼特別為你而設，在這裡，你喜歡留多久就留多久。不過，在這裡，要麻煩你換上這件衣服（跟城中醫院的綠色格子病人服竟是相同），除此以外，沒有甚麼規條了。雖然你還面帶微笑，我看得出你心裡的洞很大（剛才戳印的時候得知嗎？），在這裡，希望你能盡心休養。你自己隨便走走吧。

我隨意蹓躂，走進了一間圖書室。這圖書室的書架，和書架上的書，跟我家中竟有幾分相似。圖書室的最內裡，有一個書架，跟我們家中合用的一個書架（我們曾稱它為「娜靈書架」，各取名字一字合成，我們說過如生一女兒，就叫她娜靈。她被生下來了，於情話中，後被遺棄，或夭折了）竟是同一模樣。我在娜靈書架上撿起波特萊爾的《巴黎的憂鬱》。耳邊響起你以法文朗讀其中詩作的聲音，我們坐在沙灘上，海風颯颯，微風吹拂著你的黑髮我以手指穿過。

此時，一個身穿白袍的人進來，輕輕拍我的膊頭。「我是這裡的院長。每個進來的人都需要一點獨處時刻，抱歉打擾了。」「這是甚麼地方呢？怎麼這裡的書，跟我家中的有點相似？」「這是一座圖書館療養院，每個人進入這個暗區，都會看到自己的一個心象圖書室。」

院長拿出聽診器，放在我心口的0929戮印上，聆聽了一下我的心室。杜哈絲《廣島之戀》、《情人》、《勞兒之劫》。卡繆《異鄉人》、《瘟疫》、《反抗者》。沙特《嘔吐》。波特萊爾《惡之花》、《巴黎的憂鬱》。J.M.G. Le Clézio《逃之書》。安東尼・佛樓定《作家們》。莎岡《日安，憂鬱》、《我最美好的回憶》。帕特里克・莫迪亞諾《暗店街》。羅蘭巴特《戀人絮語》、《哀悼日記》。Jean Cocteau《存在之難》。……「你們都幾Francophile。」「這只是我們書櫃的一角，不過，我們的邂逅的確從法國文學和電影開始。」「內維爾，何處是你的內維爾？」「這地方已經不存在了。」

「我來到這裡就為看回自己的書嗎？」「是，也不是。」「你的意思是？」「這裡畢竟是一所圖書館療養院，不是你的家。你若留在家裡，只會更沉溺，你出走來到這裡，不是為了尋求一點解脫嗎？書本是這所療養院的基本治療物，但每個人的處方都不同。我，給你開的一劑是，你，在這裡愛留多久就多久，但條件是把這書架上的書靜靜地看完，並且，看完一本，就把那書從書架上放下來，直至書架回復空無。」「這方法管用嗎？」「我不知，沒有任何處方是百分百的，但你得試試看。」

晚上靜默地看書時，有貓頭鷹伴我。貓頭鷹，智慧女神雅典娜之愛鳥，只有在天黑之後才起飛。波特萊爾筆下也寫過貓頭鷹：「有黑色的水松蔭蔽，／貓頭鷹們列隊成陣，／彷彿那些陌生的神，／紅眼眈眈，陷入沉思。／／牠們紋絲不動，直到／那一刻憂鬱的時光；／推開了傾斜的夕陽，／黑色的夜站住了腳……」我（們）的家中也放滿了貓頭鷹，可不是真的而是擺設，你知我愛貓頭鷹，到別處旅行總給我買回一隻當手信。我愛貓頭鷹是因為牠懂得把頭顱二百七十度擰轉，如 Paul Klee 畫筆下的 *Angelus Novus*（新天使）。

回頭，既是誘惑，也是危險的。Jean Cocteau 也曾拍過 *Orphée*。詩人奧菲斯幾乎要把愛妻歐律狄克從地獄拯救出來了，就差一步，在地獄與人間的邊界禁不住回頭，妻子即化成一團魅影。那條生死邊界，在電影中化身一面鏡子。回頭，背向未來，將時光扭曲、摺疊，潛進不可見之領域。但問題是，回頭，要回到哪裡去呢？真有一個定點可讓你瞄準、歸返嗎？事物從哪一刻開始出現微細裂縫，爾後的撕裂就從這最初不為察覺的裂縫開始，真有這一個裂縫時刻可被回頭認辨嗎？即使可以認辨，你有能力穿越時光將之修補嗎？沒有這條可被認辨的邊界，回頭者不成被釘在原點的鹽柱，卻成歲月的永恆飄泊者，不斷徘徊，成了時光之河的一條浮木。

我在看書時一邊思索，每看完一本即卸下一本，書本從書架上滾落，書脊斷開，書頁飄散，方知所有書籍，原來都是易碎書籍。因為易碎，因為易脆，它們方是生命。以往我看書架只當是書架，如今方知，一落落如柱高的書，原來本身就是一片腐生植物的密林。密林解體，書本落在地上，紙頁還原為塵土，所謂塵埃落定，原來是這般意思。

最後書架上只剩一本書，杜哈絲的《廣島之戀》，我們的原初之書（第一齣一起看的電影）。我應該親手從書架上拿下這書嗎？不拿，它永在，拿下來，它永缺（訣）。

我把書打開，每讀一頁，一頁便如樹葉一瓣自書的樹身剝落。讀到第三十一頁，有我用鉛筆在文字底下劃線的一段：「和你一樣，我也曾經試圖竭盡全力同遺忘作鬥爭。和你一樣，我忘記了一切。和你一樣，我曾經渴望擁有一段難以慰藉的回憶，一段對影子和碑石的回憶。」書本不厚，一旦展開閱讀，要讀完不難，閱讀上了鏈有它自身的節奏，但我也並非不可掩卷。我應該繼續讀下去嗎？還是應盡量延擱？

此時，有影子在我背後掠過，有一把聲音傳來：「0929，放下它吧。不放，你永遠被自己的心困著。放下，雖然會化為塵土，但卻是愛中塵土。」

●〈離島上的一座圖書館療養院〉應藝術計劃「Contagious City」（傳染都市；倫敦Wellcome Trust、油街實現主辦）而創作，分篇刊載如下：
〈顛倒與離人〉，原刊《明報》世紀版，二〇一九年三月二十四日。
〈地下抄寫室〉，原刊《明報》世紀版，二〇一九年三月三十一日。
〈圖書館運動區〉、〈愛的塵土區〉，原刊《字花》二〇一九年五—六月第七十九期。
〈圖書館幽靈區〉，原刊《香港文學》二〇一九年七月第四一五期。

油街十二夜

一、地皮

九七年亞洲金融風暴彷彿已是遙遠的事。甚麼股票下挫、樓價插水、負資產等，今天只成了這城市回歸初期的一段插曲。這場金融風暴的影響，對我來說，值得記取卻為人忽略的，是兩塊土地因風暴而逆轉的命運。一是位於金鐘的添馬艦，一是位於油街的前政府物料供應處。

這城市的人很善於失憶，不知現在還有多少人記得，以上兩塊土地曾是地產商垂涎的大肥肉，因為一場亞洲金融風暴，

政府暫停賣地，兩塊土地因而從勾地表中暫時或永久消失。因為這一役，添馬艦才展開它後來長達十年的過渡嘉年華悠長假期，至二〇〇七年塵埃落定，將成為特區未來的新政府總部。轉眼未來已成過去，很多事情在此地發生，逃了商的爪逃不了政的手。至於油街那塊地，短暫棄置時曾以低廉價錢租予一群藝術家，因而成就了「油街藝術村」的美談，前後雖然不足兩年，但也寫入本地藝術史的一頁。城市的藝術總是要寄身於縫隙中，若無這場金融風暴荒地便無以變成藝術村。也難得如游擊隊伍的藝術家無畏遊魂野鬼（也許反之，其實二者臭味相投）——是的，油街近海這地方曾是一片鬼域，聽聞當時藝術家進佔也找了道士作法。俱往矣！以往淒風厲鬼，如今鬼影冇隻。塵歸塵土歸土，油街這面海之地開了命運的一個小岔，最終還是落入命運之輪，地產商的手。二〇一一年它由長江實業集團投得，十五至十七號地段未來將建成海濱長廊、建起七幢高層住宅酒店，五十年經營權，這才是這城五十年不變的本色。

二、鍾馗

「轟隆！轟隆！轟隆！」

說了這麼多，其實我不過為置身於油街實現的環迴立體聲作點鋪墊。近年發覺每說一事都必須順藤摸瓜的說起更多的事。若沒有以上一段的背景陳述，包圍著油街實現這幢歷史建築物的地盤打樁聲、工程噪音便無法被深入體會。以上用到「轟隆！轟隆！轟隆！轟隆！」實也是作者的疏

懶，我發覺根本無法以筆墨來把這單調卻又混雜著不同質感的建築聲音還原，在觸到文字的界限時，我靜靜地以手機錄下了一分鐘的環境聲。不多細描亦因假設這聲音於城中也為人熟悉。如果要將熟悉的陌生化，我會用到一個成語叫「震天價響」——不僅是聲量而言，是逐字逐字，literally，確乎如是——噪音跟樓價一同響到上天。

油街實現的物業管理員阿明告訴我，他二〇一四年來工作時，這幾幢建築物還未存在，轉眼它已拔地而起。以目測所見，暫時只起了五幢，建築物還未竣工，外圍從頭到腳包了一層遮蔽內情的綠色紗網，隔一定距離便標示著建築物的樓層高度——10、15、20、25、30、35，還未封頂，最終建成應不止這個數字。上有固著的懸空棚架，有升降台起起落落，周圍當然少不了大型的機械吊臂。最近我經常有一「錯覺」，凡見到大型建築地盤在施工，裡頭的地基、樁柱、喉管、挖土、灌漿、種種建築進行中暫時外露（敗露？）的痕跡，不知怎的總讓我想到破毀而非新生，想來有這感覺的不獨我一人，儘管在建築中看到廢墟的人，在城中並不佔多。還在興建、據說到二〇一九年才落成的住宅樓盤，這陣子便提前公開發售。早前家人吃飯時也引為話題，也許家人都住炮台山因而另有錯覺以為比較近身，姊姊說：「賣到三萬蚊一呎真誇張！」說的語氣卻是淡然的，介乎於陳述與諷刺之間。蔚為佳話以往人們說的是油街鬼故如今說的是油街地王。這城市毋需道士，地產商就是城中的首席鍾馗，天秤是他在空中擎起的劍，重型機械建築聲是他持續唸的咒，日以繼夜施行法術，將最整全的魂魄都打得粉碎，連同無數瓦礫，一起沉落地底永不超生。

三、維港

沿電氣道從油街實現走向電燈中心立著一面低矮的界牆（據說早期前身皇家遊艇會的入口正在這裡，後來拆去），多年來被髹上米黃色，上有「政府物料供應處」字樣，近年被覆蓋上長實物業 Luxury Living 的牆紙，到最近，再被覆上「維港頌」的臨時廣告。就這樣，油街地王有了一個正式的名字，英文名字叫「Harbour Glory」，廣告宣傳還配上「位越超然／頌譽維港」這美麗字句。

維港？哪裡是維港呢維多利亞女王早已遠去。維港？哪裡是維港呢維港的海域越縮越窄水位越升越高。維港？哪裡是維港呢誰的維港有誰還可以在這裡釣油錐？維港？你說的是哪個時候的維港？香港遊艇會早在一八九四年已獲英國海軍批准改稱香港皇家遊艇會（香港警隊獲賜「皇家」名字要等到一九六七年後），一九〇八年遊艇會會所在油街實現現址落成，當年揚帆出海就近海邊。怪不得油街對面還有一條小巷叫艇街（Boat Street）。文娛不僅是文娛，當年會所落成由港督盧押主持開幕，會員以歐籍人士為主，大多地位顯赫；至上世紀三十年代北角填海工程展開，遊艇會遷往銅鑼灣奇力島，但建築物一直被保存下來。至一九九七年，遊艇會中文名字刪除皇家名銜，英文名字則保持不變。

（〈失城〉中伊雲思說得對：「殖民地將永遠失去。」但他也說錯了：「殖民地將不復存在。」我城終究無法擺脫殖民的命運，只是以不同以至更強烈的方式。「失城」的旋律奏得太漫長了，還有更大的失去等著到來。不得不如此。在英殖時代當上總督察的伊雲思曾是遊艇會的會員嗎？伊雲思非常蒼老及疲倦，返回老家愛爾蘭的他是肯定不會回來了。或者相反，一個人老到一個程度就無法再老，他走到生命盡頭的時候會想念這個曾經於他有誘惑有墮落的殖民地嗎？別回來，你不會認得，不會想看。一切再與你無關。）

阿明在油街實現的草坪上帶著一個小學生導賞團，他拿著一張昔日皇家遊艇會成員的黑白合照，著小學生運用想像力，想想他們現在踩著的草坪，昔日就是臨海之處，圖中的洋人在此處出海，兩個展覽廳以往就是艇棚，入口那個小室原是一個健身房。沒了知識承托，想像力跨越時空就微弱下來（還是知識才是想像力的屏障？），可幸小學生還是有反應的，有時還會舉手發問，帶著他們來參觀的大人——應是老師吧，在導賞進行時卻望著手機，或者拍照。

這麼多年後仍是帆船。當年遊艇會致力推廣划艇和帆船活動，是真的可以揚帆而非只是一個象徵。隔了這麼多年，地產商計劃以帆船來設計未來落成的維港頌項目，坊間一度以「港版的杜拜帆船酒店」來稱之；未來遮閉大廈的重重簾幕撕開，在維港東岸將豎起七座帆船大廈，永不飄移。但定著的帆船還是帆船嗎？昔日北角海堤有七姊妹石，未來沿岸將有七帆巨廈，如此說來，地產商又不僅止於是收拾厲鬼的鍾馗，簡直是締造城市傳奇的神話製造者了。

四、塵埃

油街實現正進行「即日放送」計劃，兩個展覽廳被改裝成臨時影院，六個合作伙伴輪流接力，各自在三星期內，以不同主題播放不同的影像作品。計劃來到第五輪，由一個叫Interlocutor的組織策劃「我與你同在」，帶來不同的聲畫和表演藝術元素。平日人不多，今天又下大雨，傍晚時我一個人在展覽廳1中，在斑駁混雜的椅

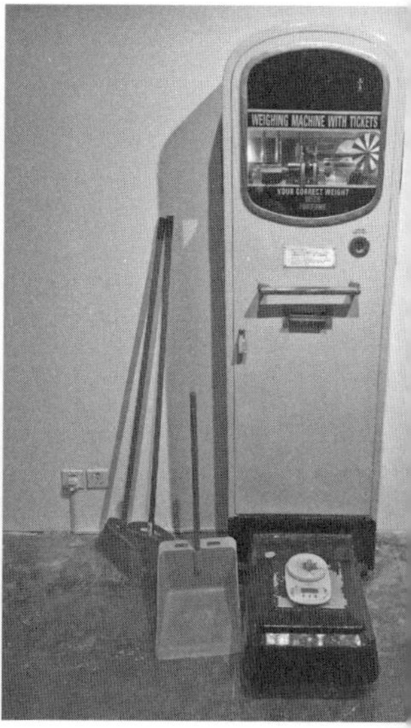

子（全都由民間收來，形貌不一）挑了頭幾行位置的其中一張坐下來，精神不算集中地接收著眼前的影像。手中拿著一張節目印製的甫士咭，一面蓋上一個戳印「這是一個影院；這不是一個影院」，一面則印著「我與你同在」的字眼。明明進來的時候只有我一人，忽然一走神，隔座忽然閃來一個女子，果然是「You Are Not Alone」。我也沒轉臉理會，我的經驗是，在這個臨時影院，通常坐下來可以跟我比拼耐性的人不多。果然不一會她就消失了。我看著眼前影像，忽然感到一股陰冷。「這是一個影院；這不是一個影院」，我想到「Image」這字古老的詞源，既與模仿（imitation）、偶像（idol）相連，也與「幽靈」（apparition、spectre、ghost）共生。思想家德希達就曾說過，電影是一種「容許幽靈回歸的藝術」（the art of allowing ghosts to come back），想到這裡，我打了一個寒噤。於是我起來走到隔鄰影院，在更大的空間裡迴響著詭異的電影聲帶。剛才那女子又閃身出現，她原來是計劃中作「一對一演出」的藝術家之一。我問甚麼是「一對一演出」？她說，就是我邀你來演，演員是我們二人，觀眾也是我們二人，即興演出。我覺得這主意也蠻有趣，比我平日一人面壁寫作要熱鬧些。

女子首先邀我一起在場內掃塵埃。我看看展覽廳地下，驟眼看十分乾淨，正面露疑惑，她說，掃出五毫克便可以了。這於我更有趣，我從來沒以這單位來量度塵埃。我跟她分別各執一掃帚一垃圾鏟，在地上掃起塵埃來。在角落位置原來會掃出一些剝落的石屎屑，女子從垃圾鏟中挑出來，說：這些不算。這麼說，我們是真的要掃出純粹的塵埃來。但原來看似乾淨的地面，要掃出五毫克塵埃並不十分困難。如何知道夠了沒有？女子把我們垃圾鏟中的塵埃放到一個電子磅上，這個非常精妙的電子磅就放在臨時影院放置著的一個磅重機上（為了營造影院感覺，場內放了兩張舊日子的電影院啡皮椅和黃色磅重機）。五毫克塵埃超額完成。跟著女子邀我遞出手提電話來，她走到另一面牆壁的插蘇位置，在多種手機充電器中找出合適我的一個；一邊給手機充電一邊跟我閒談起來。其中我記得她說：「你這部電話沒顯示充電的百分率，要我給你調校顯示出來嗎？」「不用了。」「何以？」「我不需要太清楚。」也沒真的等手機充完電，她拔起插頭，著我走出展場，在外面十多棵大樹中選擇其中一棵，一起看著那棵樹直至一片樹葉從它身上掉下。要等多久呢？我本身並無頭緒。未幾一塊樹葉從樹冠飄下來，又一次，時間比我想像中的要快。樹葉掉在地上，女子說：「我們的演出完成了。」原來她演出的主題是時間，這也與影像藝術呼應，「每分每秒，所有東西都在轉變，一切皆是瞬間流逝。」（引自宣傳單張）在這個即興演出中我微老了幾分鐘。「一對一演出」，沒有記錄沒有旁人，一切完成即化為無跡，只有二人記得，或忘記（這樣說來竟又有幾分似愛情）。女子很快消失，以致事後回想，我常思疑這一幕到底有沒有發生。臨別時我趕及問她一句：「你叫甚麼名字？」她說：「影子。」

五、雜物

我在雜物房中寫作。粗糙的木長桌上我放著一部手提電腦。房間一端堆疊著不知從何而來的紙皮盒、藍膠箱、紅膠箱。我很喜歡被雜物包圍的感覺。其實我也是一件雜物。我從沒在這麼長的桌子上寫作過，之前唐來開會時說給蟲子叮咬了，說木桌有蝨，我倒沒給叮咬。這種桌子是一種美術用的木工桌嗎？有一種專有名稱嗎？或者它也是一件雜物？它的來歷，有機會要打探一下。

油街實現安排了二樓一間士多房供我作寫作房間，這房間不向外人開放，但也不完全由我專用，其他藝術家做展覽時也會用來儲物或休息，但多數時間，只有我一人。望著四周的雜物，我忽然想到，「雜物」，不就是通向油街這地方原來身世的鑰匙嗎？一九三八年遊艇會遷址之後，這地方歸還政府，開展其後長達六十年的第二段生命。北角填海工程完成後，政府為集中物資而興建的中央貨倉（後改稱政府物料供應處）於一九三九年底落成，與之毗鄰的原皇家遊艇會會所，遂徵作其職員宿舍及貨倉延伸。一九四〇年初期，人稱「遮打藏品」（因遮打爵士得名）中的一批陶瓷器，便從舊大會堂移師這裡，在日軍侵襲香港淪陷時流失一空。回歸日常，中央倉庫存放供所有政府部門用的物資，包括政府文具、藥用品、醫院雜物、傢俬及家庭用品等。讀到這些文件報告，冷硬的資料忽然與自己的童年扣連起來，父親是公務員，小時候住的是公務員宿舍，裡頭的傢俬，以至我用過的一些政府文具，原來都從這中央貨倉分發。

陶瓷藏品流失、貨倉今成地王，我只是奇怪，我在網上或書上找到不少皇家遊艇會的照片、物料供應處的舊照，但油街實現原址前身，從一九三八至一九九八年曾用作有關部門的職員宿舍，我卻怎樣也找不到一張宿舍舊照，或在這裡居住的家庭生活照。這種「人間蒸發」，對我來說比「遮打藏品」流失更耐人尋味。六十年不算短，應該也足夠繁衍幾代了。一刻我想登一則「油街實現昔日居民」的尋人啟示，如果有人看到啟示，我想聽聽他們在這裡生活的故事。物料供應處和職員宿舍在油街退役之後，二〇〇一年油街實現原址曾用作古蹟辦古物貯存倉庫至二〇〇六年；變身成為現在的康文署轄下的油街實現，又已經是二〇一三年五月的事。人們說建築物的前世今生，其實前世何止一段，油街實現這地方也經幾世輪迴，我在雜物房中追溯著它斷裂的身世，才察覺雜物房不是它的一角，而是它自身的一則提喻。

六、剩餘

你聽見這房間牆壁背後發出的低迴聲嗎？你聽見這橋底角落發出的呻吟聲嗎？你聽見這城市深處發出的沉澱聲嗎？你所有都聽不見，你只聽到自己的心跳。所有陰暗縫隙都在低吟、哭泣、呼嚎，它們屬於世界另一個頻道，如蝙蝠發出的超聲波，只向能接收超高音頻的耳朵傳送。當你聽著尋常的噪音，你甚麼也聽不見。我指的是從另一個世界而來，但同時又屬於這城市的。

入夜後我仍留守於士多房內——我的臨時寫作房。我拿著我的寫作簿，在靜默中寫下以上一段話。最近因為得到特別允許，這地方即使關門之後我還可待下來。在這段在油街寫作的日子，我沒問及油街實現如何或能否取得wifi上網，我喜歡在我的臨時寫作房中，完全處於離線的狀態。

寫了一段接不下去，便站起來步向窗邊，推開木窗，在一樓的高度打量入夜後人跡不多的電氣道。有一路人經過望上來，可能發覺窗邊有一披頭散髮的人形物體站著，不知我唬嚇了他還是我給他射來的目光嚇倒，我馬上從木窗位置移開，又坐回暫時專屬我的長木桌上。

心跳有點加速，此時我聽到彷彿從牆身背後傳來的咿呀聲。也不像是人聲，來回復返，有節奏的，久違但曾經熟悉的，是的，小時候母親在家中踏衣車發出的聲音，現代工業時代的唧唧復唧唧。是的，日前我終於找出這張暫時充當我寫作桌的長木桌的由來——原來它來自二〇一四年底至翌年初舉辦的一個叫「生活現場」（In-Situ）的活動，八十天內油街實現展覽廳被重置成手工業時代的工作坊，讓人體驗昔日的在地生活，這種以木卡板砌出來的長木桌當時便派上用場，其中一些用來盛放衣車。計劃完結後，其中一張長木桌被保留下來，放於士多房內，出乎其意料之外，現在成了我的寫作桌。但事隔兩年，何解這衣車聲依然徘徊不去？或者只是我的幻聽？當想聽真時，它又沒了。一把女子的嘆息聲從木桌邊沿傳來（不聞機杼聲，唯聞女嘆息），拖得有點長，跟著又沒了。

我想起概念藝術家白跟我說，他曾經請過一個有陰陽眼的朋友來油街實現，想他看看這地方是否特別多遊魂野鬼，白頗為失望的說：「朋友說有是有的，但也很尋常，不比其他地方多。」白告訴我這故事，是他曾聽我說我外婆有一雙陰陽眼，到我母只剩一隻，到我這一代已完全沒有，儘管某程度上我一直把寫作看成一種陰陽觀照，我以另一種方式遺傳了母系的血統。當聽到另一個世界的聲音自牆壁、木桌發出，我當下想，或許我沒一對陰陽眼但有一對陰陽耳。那在油街寫作於我而言便多了一個意外的發現。

七、栗樹

榕樹頭講古在這年頭是沒有了。難得在鬧市中還有這美好一地，讓我可安靜下來講故事，但我講古的時候不在白晝，而在晚上。

以我目測，油街實現內有近二十棵大樹，有幾株榕樹、血桐，但最多的是栗樹。近接待處更亭有一棵細葉榕和血桐共棲，但位置比較偏於角落，近入口處有一棵栗樹，樹底以一個八角形的石壆圍封，可供遊人閒

坐。不少人坐在石壆上乘涼、閒談，用鉛筆素描寫生的我也見過。後來才知道，那裡的人給這棵樹一個名字叫「大樹下」。於是，我便挑了在「大樹下」講古，我選擇在晚上七時講古，講至油街八時關門前，今天已經是第七天了。

何以是晚上七時呢？可能你會問。原因有三。一來我喜歡夜。二來晚上七時開講，附近的上班族有些下班經過，或者會有空坐下來歇腳，雖然我並不在乎聽者的多寡（要是真的無人聆聽，我還是會照常講的，作為一種儀式）。三來是地盤進行打樁工程，一般核准時間為平日早上七時至晚上七時（假日除外），也即是說，晚上七時後除非獲特別許可，建築地盤將關起它的喇叭。這是城市鬆綁的時刻，天色漸暗，單黃線馬路停止日間泊車限制回復自由，而建築地盤則勒令屏息靜氣，乖乖入睡。在這時候，油街的街燈打開，經過一天的疲勞轟炸和震動後，它終於可偷取片刻的安寧，跟夜行動物一起收集這城市的月光。

接著下來，說甚麼好呢？說故事有時也要玩點即興，邊想邊推敲。不如說說我在油街參加的「在油街寫作——隱匿的鯨魚歌唱」計劃名字。朋友K說，「在油街寫作」很清楚，破折號之後的部分很有趣。他搔搔頭皮問：怎麼會將自己比喻為「鯨魚」呢？我說這名字不是我構思的。我想大概意思是——作家平日都有潛藏的癖好，在鬧市中幽深靜遠，躲起來默默寫作，而這行為詩意一點來形容便是在歌唱。當然有隱匿之時即是他亦有露面之時。很多作家其實都是雙棲動物，一半的時候在書桌，一半的時候在講台（所有形式的舞台）。至於是否一定是鯨魚呢？鯨魚是否懂得歌唱呢？鯨魚的歌聲好聽嗎？我想也無謂太過斟酌。只是偶爾我會想，如果要隱匿，我希望自己像一隻鳥，逃逸的時候不是「潛水」而是騰飛，想回來的時候便降落於一棵樹上，像我現在抬頭看著的一隻八哥，牠抓著栗樹一條枝椏真真正正的在歌唱。

一顆果子從栗樹上跌下來。栗樹不是菩提，我還沒有悟出甚麼大道理。

八、留影

週末油街實現的氣息與平日又有點不同。紅磚建築成了拍婚紗照的常地。一對新人，連同他們的姊妹兄弟團，在油街門口的木地台上一字排開，由專業攝影師指導拍照。為建造無障礙通道入口，原建築物面向油街的一些牆被拆去，入口的木地台不說不知，原來由香港鐵路公司捐出的一批往日用作火車軌的枕木鋪成。如此說來，原來油街實現也有點後現代的拼湊元素。當然，佔主

要的是原裝。紅磚及粗灰泥外牆、大圓拱窗戶、中式瓦片簷頂、外露的煙囪、水管以至鐵架支撐，歸結成「愛德華時代工藝美術風格」一詞，經歲月淘洗倖存下來，在城中發揮它的剩餘美學價值，為遊人添了一個拍照或自拍勝地。

這地方也甚受「文青」青睞。文青喜歡以這裡別緻的紅磚牆和弧型拱門作背景，擺出散發書卷氣的姿勢，如倚牆沉思或低頭看書。有的在庭園拍得夠了，也走上一樓的遊廊也即是我寫作的臨時房間的外面，這裡鋪了花紋圖案的地磚，他們踏在樓梯和遊廊時，可會聽到木樓梯和木樓板發出的微微吱呀？在這玻璃鋼筋之城，難得還有一幢原始的建築物在鬧市中哼著百年不變的木語；木結構的碳化速度會比城市的氧化速度慢一點嗎？此刻我也倚在一樓的木欄杆上，看著庭園裡談心、拍照、閒坐的人，有多少人會抬起頭來細看這裡的筒瓦屋簷和煙囪？這些煙囪曾幾何時也曾噴出尋常人家煮飯的炊煙，現在當然已畫封起來，一段尋常日子的過去好像就此封埋。多少人會像年輕藝術家何兆南般拍下這裡外露的水管、渠蓋、插座和樹葉（他最近在這裡拍下了一輯這樣的作品）？庭園中立著一個H型灰色石架，有人走進其中，將兩手推向H兩邊如玩壁虎功般，又將兩手吊在H的橫樑上如在單槓上玩引體向上，面前他的同伴舉著相機拍照，咔嚓聲伴著兩人開懷的笑聲。這H型灰色石架也曾引起我的好奇，它怎麼會孤零零立在庭園中它原來有甚麼用途？有說是昔日用來放艇的但比例顯然不對。最後為我解開謎團的還是管理員阿明，他告訴我，原來在這地方昔日用作職員宿舍時，因治安理由這位置建了一排鐵絲圍欄，後來這排圍欄拆去，就剩下這個H型石架。除了煙囪和H架外，有說一些角落仍可找到壁爐和廚房遺痕，那長達六十年的宿舍歷史還不至於一去無跡。

九、廢土

今個週末，來油街實現拍照的人特別多。因為室外草坪上那個「白做園」宣佈進入最後倒數。所謂「白做園」，是北京藝術家宋冬在油街實現進行的一項藝術項目，長達一年油街實現庭園的中央草坪給圈起來，開放予公眾參與和自由定義，以社區棄用的物資、垃圾，隨機生長成一座長滿植物的小丘。這人造盆景還需連起另邊封著的圍板來看，鋅鐵地盤圍板上亮著一排霓虹燈字——

「不做白不做，做了也白做，白做也得做」。隨著計劃結束，這排十五個淺黃霓虹燈字，將於二〇一六年十二月十四日上午九時前拆去。原來最後最吸引人的不是盆景而是霓虹。當霓虹在城中漸次黯淡，「白做園」那排不算燦爛的霓虹燈，竟成了受寵之物。事後油街實現的珍妮花告訴我，那個週末來拍照的人次多達二千多，最後一夜，油街打破慣例延長開放，滿足最後來拍照的人。我城的人總是習慣搶尾闡，如果大家拍照的熱情有十分一能轉化給藝術，那該多好。

「自由之地」如何栽種？給大草坪圍上一圈，任人傾置廢品、進行各式活動，然後擇日覆土、播種，讓植物自由生長，這樣就可收割自由嗎？自由只能在一個圈子內發生嗎？那圈子之外又是甚麼世界？自由之境只能是暫借的嗎？自由的模子如何在不同的地方複製？北京藝術家宋冬在油街實現進行的「白做園」前後長達一年，我錯過了它早期的階段，到我在油街寫作時，它已經長成一個小土丘，一個難以闖入的大盆景，感覺又像是空間佔領。（是的，佔領是通向自由之路。）我錯過了它在二〇一六年年初六進行的覆土儀式，但沒錯過它在同年十一月二十六日進行的「拆幕式」。拆幕式當日大雨滂沱，人們拿著雨傘或是披著雨衣，一同見證鏟泥機將吊臂伸入土中，鏟起了一口泥。拆毀即是收成之時，據說大盆景的泥土佔六十多立方米，種出的植物超過三十種，有一張「白做園」植物分佈圖，標示了不同植物如含羞草、洛神花、水瓜、雞屎藤、聖誕花等等等等的位置。公眾可自由拿走泥土或植物回家栽種。但看來更多人感興趣的是圍板上的霓虹燈字，以「打卡」來證明一切並非徒然，卻又更呼應了，一切彷彿白做一場。到最後能夠剩下來的只有過程，甚至連過程都為人忘記，只留下最終定格的影像。

「白做園」是一場實驗，一個玩笑，也是一個縮影。這邊完好、只落成二十多年的香港麗東酒店已完全被拆除，那邊新地皮的酒店卻在建立，整個城市都是一個「白做園」嗎，特別喜歡玩的一種遊戲叫零和遊戲？不，不會是零和的，新的一定比原來的更高更大但不知是否一定更美。爛地變潤土，垃圾村與藝術村相通，毒液與養分混和，我想到西西筆下的「肥土鎮」、魯迅筆下的「野草」，整個都市是一個更大的盆景，住著一頭頭給模鑄擠壓、可憐巴巴的「盆景貓」。

十、木梳

於是，在「白做園」完成了「拆幕式」、小土丘尚存、人們可前來領取泥土和植物的往後一月，我也曾在油街實現打烊後留下來，翻挖「自由之地」尚餘的泥土，嘗試在裡頭找出一些可收集的東西。如果生活缺乏驚喜，就嘗試在垃圾堆中尋找吧。我從泥土中撿出被撕碎的《字花》創刊號的紙屑、詩人撒落的「無謂語」、樂隊埋下的信和歌、學生投放的蘭花頭及蔬菜廚餘、大笑瑜

伽、冥想及敲打頌缽的聲音，混雜一起散發著腐爛的氣息，我把它們盛在一個盆栽裡，準備送給一個準備在天台種植的朋友，看看她是否能種出奇異的花來。

另一夜，在無人可作旁證下，我在泥土中挖出一撮頭髮，髮絲如植物的根長長地深入土中，我把它從泥土中拔出來，奇怪它強韌如一根麻繩竟不曾折斷，拉至盡頭竟然綁纏著一把木梳，我把髮絲捆起來足可紮成一個髻。那夜我足足捆出七個髮髻，挖出七把木梳（這地方不愧曾是考古貯存倉庫）。我把七把木梳放在「白做園」的橙色盆邊上，疑惑是否有哪個行為藝術家故意在「白做園」中埋下裝置。正出神之際，忽然從樹上飛來幾隻鳥，鳴聲突出如多重響亮的笑聲，牠們飛快地把木梳噙起來，在「白做園」上兜了一圈，然後箭也似地飛走了。儘管夜深，但靠著街燈，我認出了牠們就是黑臉噪鶥，這種鳥在香港數目眾多，因其黑色臉罩的樣貌而得名，容易辨認，出現時總是組成喧鬧的小群，不怕人，香港的俗名叫「七姊妹」。一捺陰風無端吹來，髮髻散脫下來，不翼而飛。如是者，我不僅沒了人證也沒了物證。事後我跟一個朋友說起來，他只以為我在編造故事，甚至笑笑口說：「小說家都是說謊家。」我無以辯解，只能在此寫出來，讓它成為油街實現的一則傳說。

十一、拆展

「即日放送」節目完畢因為是暫時的。兩個暫時影院告別，展覽廳1換作徐冰的《蜻蜓之眼》，三分鐘預告片段在三個月內永劫回歸地播放。早前「即日放送」混雜不一、隨便擺放的座椅沒有了，換作一排排串起來度身訂造的灰色塑椅座。之前那些民間座椅不知往哪裡去了，可以讓我認領一張便好了。展覽廳2換作本地藝術家黃慧妍的《如果沒有被你看見，這個地方根本不存在》；展期不

長，一個多月後落幕，對沒來看的人彷彿真的不曾存在。再經過時，展覽廳的木門拉起只剩其中一扇半掩，門外立著一個告示牌「拆展中」（Dismantling in Progress）。我抬頭看看包圍著油街實現的環境，這告示彷彿也是給這城市的。

從土丘變成泥地，再由泥地變回綠地原來是那麼快的事。園景區中央的草坪又回復綠草如茵。後來，又稍稍變了形貌，不細心的人不容易察覺。草坪隱約被分成兩邊，一邊覆蓋著多片的黃色落葉，一邊則幾乎沒有，只有淺淺的草。原來是藝術家程展緯在油街實現進行的「擬人法的寓言練習」之一，在草坪上那個以落葉分界的寓言叫「一地兩制」。再仔細踏上草坪，原來草坪上插了一枝枝不顯眼的雪條棒，木棒給塗成不同顏彩，上面標示著不同的植物名字，如蛇莓、紫蘇、勝紅薊等，由此我知道，口頭說的「草坪」只是一個抽象名字，漏掉了許多其中的細微質感和差異。

今天經過油街時，在枕木鋪成的入口徑上多了不大一樣的人。穿的是西裝革履，幾個聚起來有的在抽菸，手中都拿著一份公事夾，好像在等候甚麼。後來我走到京華道、更近港島海逸君綽酒店那邊。那裡又立著更多跟之前打扮相似、同樣手裡拿著公事夾的西裝人。我明白他們的公事夾是樓盤介紹書。其中一個女的、帶點普通話腔調的女子走上前，問我有沒有興趣看示範單位。可能她等客也等得有點悶了。我但笑不語，以禮貌的笑容告訴這位「拆展人」：我並不想浪費大家的時間。

但我還是取走了一份售樓宣傳單張，當作文化觀察。它羅列了鄰近著名的國際校府，標榜著「永久海景」、「政府重點發展五大創意區帶動無限前景」——未來沿北角至灣仔海岸，將分別建起東岸公園主題區、活力避風塘主題區、水上康樂主題區、渡輪碼頭畔主題區、慶典主題區。真是越「美麗」的東西我越不可碰。剛才地產經紀說如果我想一覽維港頌的無敵海景（現時仍是地盤），可安排我搭電梯上旁邊港島海逸君綽酒店四十一樓看，那海景視野基本上一樣。從高處俯瞰，如果不看海而望向電氣道那邊，油街實現會變成一塊小人國積木嗎？經歲月淘洗剩下來的殖民歷史建築，會成為它的文化點綴、裝飾藝術嗎？未來維港頌的酒店及其三百七十八伙單位住客，都將成為油街實現社區藝術的一分子嗎？或者未來油街將成為一個「文化與地產共榮圈」，一如這城市本身？

十二、永別

故事說到這裡已近尾聲。我可以說的話幾乎已傾囊而出。油街實現響起關門前十五分鐘的廣播。偏偏這時候，有一個女子走進來，坐在栗樹下，也即我的旁邊。她說她是應我的「尋人啟示」而來的。我正疑惑，她提醒我說：故事說到第五夜時，你不是提到一則尋人啟示嗎？噢，我一直以為我對著空氣說話，原來故事是有人聽的。怎麼我一直不見她呢？她說她躲在一個角落，一直在聽。我打量周圍，環境也可說是開敞的，不知她可以躲在甚麼地方。關門廣播又復響起。我說差不多八時了，我可以留下來但其他訪客要走了。她說沒問題，這裡的職員不會趕她。莫非她也是在這裡進行創作的藝術工作者？她輕輕點頭。那好呀，最後一夜有人跟我閒聊，或者我可邀她作另一場即興的「一對一表演」，作臨別紀念。我想起來了，故事中我是說想登一則「油街實現昔日居民」的尋人啟示，莫非她曾經住在這裡？她點一點頭，又擰一擰頭，又是又否。莫非她當年曾進駐「油街藝術村」，可有一些親身故事告訴我？她說她見識過那群城市浪人，相處融洽，但不屬於他們的一員。她拿起一把梳子梳理頭髮，卻越梳越散亂，還把頭髮從頸脖處倒梳起來遮去整張臉孔。那把梳子很像我從「白做園」挖出的那種木梳。她問我聽過北角的七姊妹故事嗎？我說這故事那麼有名已成城市傳說當然聽過。她說其實故事還有後續但沒人知道。我洗耳恭聽於是她說起其後的故事：原本我們七姊妹結伴遊魂，後來一個一個的投胎轉世，義結金蘭也敵不過輪迴做人的誘惑。想當初她們反對權威終生不嫁，結果反叛還是反不到底，剩下我孤身一人留守冥界，拒絕回歸。

我覺得面前這女子真有意思，她是真的把我說的故事聽進心裡並即時演練推敲，這才真是說故事的傳統本領。表演進行到這裡我已任她自由發揮。她指指油街地盤那處，說自己曾停留於，一個叫「永別亭」的地方。我說那裡現在封起重重圍板閒人免進。她說是呀所以連她這油街「原居民」也被趕出來了。她說這是我在油街寫作的最後一夜，也是她脫離幽冥的最後一夜。今天正好是惡月惡日，端午節，天氣熱，五毒醒，不安寧。驟雨忽降，油街實現的雨水管齊聲咆哮。她走到油街實現的草坪上旋起圈來，我看著她的魂魄一片一片地飛散，如一股旋風滾動最後只化成一片落葉。我拾起那片枯黃的榕樹葉，上面有一行字：鍾馗舞在油街，不日演出。

當人虛弱的時候，就有影子來告別。臨別贈言，致所有仍未收編的城市遊魂：流連忘返終須付出代價。

一星期後，在天台種植的女子打電話來告訴我，在「白做園」拿走的泥土，莫名地長出一朵曇花。

●〈油街十二夜〉源於二〇一六年十月至二〇一七年五月作者參與「在油街寫作」計劃的經驗，揉合該帶一些史實、現況及都會傳說，部分情節加上虛構想像，可讀作一篇散文體小說。原刊《字花》二〇一七年九—十月第六十九期。

Oi!

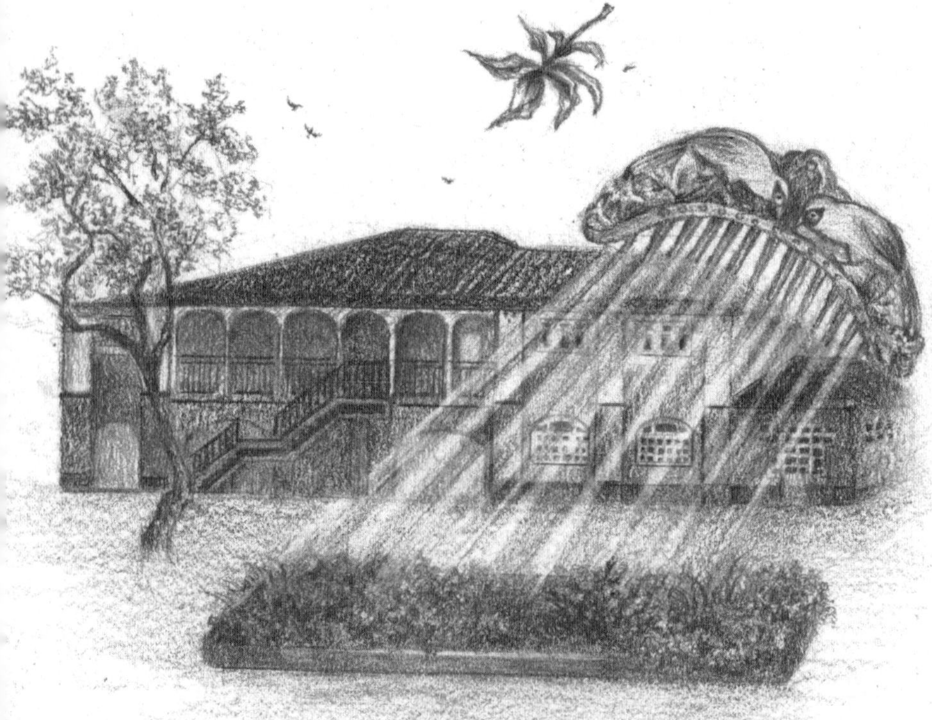

附

我在油街的日子

父母家住炮台山，油街實現這地方我是不時經過的，但真正與它建立更深連繫，還要等到去年十一月，獲邀參加「在油街寫作——隱匿的鯨魚歌唱」計劃，為期三月，算是第一個我在本地參與的駐場寫作計劃。這計劃也是油街實現首次舉辦的，在一個以視覺藝術為主的展覽活動場所中，開放地融入了一點文字文學的元素。我是首位參與這計劃的作家，但凡開荒牛的角色總添上一份吸引（當然也有疑慮），最初便抱著難得有此機會，何妨一試的心情參與。

猶記去年十月十八日，為這計劃到油街實現首次開會時，正值大雨滂沱（翌日發出黑雨警告），一級助理館長珍妮花穿著水靴上班，凌厲的雨水落在路面角落積聚成一個個淺淺的水窪，天氣惡劣無阻這城的持續拆建，前邊酒店在拆後邊大型住宅酒店在起，重型拆建聲如四面楚歌襲來，包圍著這幢上百年歷史建築物。那時心想，未來三個月在這地方不知可實驗出甚麼東西來？眼前的橫風橫雨比風和日麗更好，離開自家書桌，轉換環境，有時就為了迎接多點陌生和未知。

我其中一條思路，自然是從空間和寫作的關係探進。這裡或需從基本說起。寫作有別於其他藝術門類，寫作時個人處於獨處狀態，所需東西一般很少，與寫作場地的關係則若即若離，可緊可鬆。大抵來說，寫作的空間（在哪裡寫？）與寫作的對象（寫甚麼？）沒必然關係。此所以不少作家以「洞穴」來形容寫作狀態，作家入定時寫作的洞穴就成了一個幻想的天地，眼前的書桌成了靈魂出竅的飛氈，時空調度不囿於周遭，天馬行空的作家尤其樂於此道。我形容這狀態為「流動的書桌」，或者可說是「寫作隨身」，當你投入於創作一個作品時，原則上你可以把它帶到任何地方寫，身處環境也許對寫作狀態會產生一點微妙的心理影響，卻不必然直接呈現於文字以至可被辨識出來。但另一方面，在哪裡寫作，有時又會直接扣連上寫作的題材，成為筆下的場景、人物，如文字寫生、採風、田野式調查般，旅行書寫也屬此例，當一個寫者同時是旅者時，他將所到之處的所見所聞、所思所感流瀉於筆尖，置身的環境直接便是寫作靈感的來源。

「在油街寫作」計劃於我便兼具以上兩個面向。一方面我可能只是偶爾將身體和書桌轉移陣地到油街實現，繼續我原來的寫作，另一方面，我也希冀與這地方逐漸建立關係，不僅「在」此地寫也寫「屬」它的東西，後者應也是所有「駐場寫作」的理想，雖然坦白說，是否能建立其中「轉化」，我最初參與這計劃時心裡並沒有底，其中的摸索嘗試，我想就是一種實驗。說到與這地方建立關連，大致來說我從三方面入手，一是油街實現這個固定場所，二是在我參與計劃期間在油街實現舉辦的展覽活動，三是從油街實現這地點散發開去，探索到周邊的空間。我以英文字「SHE」來概括三者，分別為Site（場所），Happenings（發生），Extension（外延）。

場所者，起初我會較知性地探索這建築物的前世今生。譬如翻開一些香港殖民建築書籍，看看有沒有介紹到這建築物的歷史故事和建築特色。雖說是歷史建築，原來問起來，也不太多人知道這建築物的身世。港島海岸線的推移本身其實可自築成一個故事。油街實現這建築物，一九〇八年啟用時為香港皇家遊艇會會所，想想它就近在海邊，揚帆出海自是天然地勢。如今立在此地，得靠一點想像力，才能臆想一九三〇年代北角填海工程進行前，現油街實現便是原海岸線之所在，昔日北角原海岸線上的原有建築物，就只剩油街實現倖存下來。歲月悠悠但時空斷裂，歷史轉換成文化時尚的資本，靜下來時，一個寫者如我不期然在內心喚起一種錯置並曖昧的時空感受，或者會烙印於他日「屬油街寫作」的小說中。

在此也當說說油街實現給我作的安排。油街實現作為一片公共空間，它向所有人開放，原則上即使我沒參與這計劃，想的話也可隨意到此地尋找靈感，但「駐場作家」這身份，還是給與我一點特殊的「出入權」（access right）。主辦方為我準備了一個專屬書架，悉心地髹上墨綠色，一個個木方格上放了自己的書和一些文字介紹，經討論後並掛上一個鐵皮信箱，試圖逆潮流而走回到手寫時代，在計劃期間收集有心人投來的書信。至於專供我寫作的位置，則安排在主樓第二樓的一個士多房內，這房間不對外開放，裡頭放置了一些雜物，並供藝術家們展覽時作後台之用。這房間沒空調設備，中間放置了一張長木桌，記得第一次隨油街實現的科拉和珍妮花參觀場地，走進這士多房時，她們問不知這地方是否適合你寫作（言下之意包括周遭地盤的聲響），我當下回答：「沒問題。」事實也確是如此，參加這類計劃，找尋陌生感覺更重於營造舒適度，我甚至把周遭地盤的拆建聲也當成在這裡寫作的背景氛圍。也是在後來讀到英國作家艾倫・狄波頓（Alain de Botton）參與倫敦希斯羅機場「首位駐站作家」時寫下的《機場裡的小旅行》中，他提到駐場於第五航站時每隔幾分鐘的機場擴音器廣播，並談到主辦方給他在機場內安排的書桌：「這張桌子看起來一點都不適合寫作，卻反倒因此激發了寫作的可能性，從而成為我理想的工作地點」，找到一點同感。其實我還希冀有更多的異常。

除了這間「臨時寫作房」外，主辦方也多番說任何地方我也可用（他們工作的辦公室除外），包括入口處的育嬰房。如是者也不僅是能否進出的問題，也牽涉空間功能的轉換——育嬰房原本當然是用作育嬰的，性別上又多為女性所用，但在駐場期間，我也幾番待在育嬰房中，有時寫點東西，更多時卻是在這裡看書，其中一天，拿著小說《身體藝術家》在看，門半掩有女看更走過看進來半覺出奇，而我當下也有點「心虛」起來，想來這也是從沒有過的閱讀經驗。空間以外還有時間的踰越，一夜我在油街實現中央庭園中坐下，靠著昏黃燈光看著香港文學館主辦的「海徵文比賽」作品，待到關門之前發出廣播時，當地職員非常體貼地前來說：「潘生，你繼續留下來也沒問題的。」如是者好幾個晚上「人去樓空」後我仍留下來，試圖聽聽油街靜夜時的另一把聲音。

是的，一個人在「臨時寫作房」待下時，場景每多由夕陽滑入傍晚，有時其實也寫不了甚麼，便靠近木窗看看街上的路人，二樓位置不算高，有時給我打量的路人抬頭回望窗邊的我（許是一個人影），怕將人嚇倒我又坐回桌邊，眼目轉向打量雜物房中的木箱、膠箱，抬頭看三角瓦頂的木椽鐵撐，歷史建築的質感不再停留於書本中，有時走出遊廊看看建築物的大圓拱窗、煙囪、紅磚，雖說是殖民時代的愛德華工藝建築風格但採用的卻是本土建築素材，建築物明明「在」時我們常以分心待之，只有凝神靜觀時才真看見一點兒。我喜歡房中的杏色木窗，特別是那種有著一排孔洞、推開窗時用來鎖緊位置的黃銅把手，現在這東西已買少見少了，小時候家中用的就是這種，一件小物有時就是個人與集體記憶的觸媒。

是的，這段日子隔週左右到油街實現，平日遇到可攀談的人不多（遊人當然是有的，但一般我只能默默觀察），物件不久成了我與這地方建立關係的媒體。譬如說，我開始對士多房中的長木桌發生好奇，這張以一塊塊板木砌成的桌子到底從何而來？是一種專給美工用的桌子嗎？經打探才知不然，原來乃來自兩年前在油街實現舉辦的「生活現場」（In-Situ），這計劃重現工業時代的手作技藝和生活模式，這張長木桌當時在展場中用來放置衣車，計劃完結後留下來作剩餘物資。未幾我發現「循環再用」遍佈於這地方之中，如士多房內的木箱、膠箱，在油街實現關注剩食的「盛食當灶」，包括我那個專有書櫃也是由上一手展覽剩下再用的。能夠將「剩」變「盛」，便是一種美好。

由此我將敘述由「Site」轉到「Happening」。發生者，即是我在這三月期間在油街實現遇到的展覽、活動，屬暫時性的、一次性的，到下一位作家參與時，遇到的又將完全不同。在我那段駐場期間，油街實現正舉辦「即日放送」計劃，兩個展場變身成兩個相鄰影院，由六個團體輪流接力三星期，注入不同主題的影像藝術以至表演元素。我在這裡也看了好些錄像以至短片，我特別喜歡放置在這裡的椅子，有別於一般電影院一式化的座椅，這裡的椅子每張都不一樣，放在一起本身就像裝置藝術，有一種混雜的凌亂美，原來這些駁雜的椅子都是由民間集來的，又是另一種剩餘價值再用。另外，為了營造臨時影院感覺，我第一趟來參觀時，便發現展場內放置了一個磅重機和兩張舊日電影院的皮椅，前者昔日曾放置於酒樓、電影院以至街頭，像我這樣有了點年紀的，小時候都曾經光顧過這種街頭磅重機。久違了，職員給了我一個代幣，我踏在磅上，磅重機亮起燈來，輪子轉動，未幾吐出一張體重卡並附加運程。一次雜誌專欄催稿，我便即席以磅重機為題寫了一篇「消失微物」。說到物件，亦想到油街實現這場地，在變身成現在這樣貌前，在過渡期間曾作考古貯存倉庫，由此想到以「物」切入，未來其中一篇創作，就寫一篇「油街物誌」。

說到物與「發生」，由北京藝術家宋冬構想的「白做園」也必須一說。所謂「白做園」，其實是把油街實現室外庭園的大草坪圈起來，在一年期間開放予公眾參與和自由定義，以社區棄用的物資、垃圾，隨機生長成一座長滿植物的小丘。這人造盆景還需連起另邊封著的圍板來看，鋅鐵地盤圍板上亮著一排黃色霓虹燈字——「不做白不做，做了也白做，白做也得做」。若將整個場景連起周圍大型物業正不斷拆建的情境來看，又讓人生發更多聯想與諷喻。到我參加「在油街寫作」計劃，「白做園」已進入最後的階段。平時我們常聽「開幕式」，油街實現卻別出心裁地為「白做園」的謝幕，安排了一場出動鏟泥車、甚有行為藝術意味的「拆幕式」。「拆幕式」進行當日又是大雨的一天，雨水撇進了這三個月的油街記憶中。當鏟泥車把吊臂伸進「白做園」拔起了一堆植物時，我在心中默想了八個字：拆建生滅、廢棄興用。在隨後的一個多月，我看著它從一片茂盛小丘，逐點逐漸被夷平，至變成一片泥地，再至打回原形。由是除了時、日、月，「白做園」的變化也成了我「在油街寫作」的時間座標；而廢棄物，也許是出於一對「廢墟之眼」，更成了我在油街經驗的一個母題。

以上說到物，好像沒多接觸人，其實不然。平日多獨行，但參與這計劃時，也作好準備多與人交流。油街職員固然是談話對象。另外，在這地方，間中會遇到舊友，也認識了一些素未謀面的藝術工作者或愛好者，如在「即日放送」中認識了收藏了很多古董攝錄機和舊香港旅行錄像的 Craig、在「我與你同在」節目中作一對一演出的年輕藝術家麥影彤、策展人鄭得恩、北京藝術家宋冬等等。另外我也把網絡延伸於外。這便要說到「Extension」的部分了。

那段日子離開油街實現時，有時會往西步向清風街，有時會往東踱到日夜判若兩面的春秧街，沿途漫無目的行走時，常常發現意想不到的生命力，就發生在城市管理主義手臂還未伸及的街道暗角。一次與香港中文大學建築系副教授鍾宏亮相約在校內聊天談起「異托邦」，知悉他正在醞釀一個「異質北角」的計劃，隨後便跟他一起探索這一帶的天橋底、怪異的公共空間、廢置樓宇及舊式商場等。現在我們正在構思將文學和劇場帶到這些角落，如能成事，於我又將是油街寫作計劃的額外收穫和延伸實驗了。

說到延伸，從油街寫作這個計劃，也讓我想到其他可能的寫作駐場空間，如醫院、工廈、機場、廢墟，甚至修道院、殯儀館、紅燈區等，在未來或可於這城探索。這些地方各有不同的環境設置，要探索未必需要一個正式身份，但配合得宜的駐場安排肯定可讓有興趣的作家更容易進入其中的脈絡，尤其不少空間都牽涉不同程度的進入障礙（油街實現作為一片公共空間，這方面本身算是低的）。當然，作家寫作不一定需要刻意將自己轉換到另一個空間，日常生活常常就是很好的創作養分，但也有時候，離開日常進入陌生的領域，以好奇但不獵奇的眼光觀照，又往往可產生一些意想不到的互動和創作。油街實現駐場日子落幕，現在才是開筆結果的季節。

● 原刊《端傳媒》二〇一七年四月二十五日。

失城二十年

Ａ女

鄰居那滅門命案發生於二十年前，時維一九九四年，那年稍後，我來到這世界上。父母以為我是一個痴呆兒，其實我只是發育有點遲緩，以及，五歲時被診斷出患有ＡＳＤ（Autism Spectrum Disorder），幸或不幸，只屬於輕度那種。其實，我只是喜歡自言自語。因為自言自語的狀態來得太早，因此比較少話，但卻異常愛寫。我的名字你毋需知道，如果你要有一個稱呼，可以叫我Ａ女。

至今，我在西貢村屋住了近二十年。出生時，原先住在隔壁那幢（我稱為老家），老家隔壁這村屋（即我現在住著的，我跟隨母親稱之為吉屋），曾經搬過來幾戶人家，都住不上一兩年，患癌的患癌、燒炭的燒炭、破產的破產，後來都一一離去。以為重新粉刷牆壁地板就可將血水洗去嗎？本來或者也可以。但在香港這個城市的奇異地產市場內，逐漸發展出「凶宅」樓盤全紀錄檔案，吉屋這間因一九九四年陳路遠殺害一家五口被列入檔案首位，尚待另一樁更慘烈的命案發生來取代其位。二〇〇三年沙士，我九歲，上學天天消毒洗手量體溫戴口罩，我父母卻終日咧嘴騎騎笑，見市道低迷樓價狂瀉，成功遊說吉屋業主以極低價把屋子賣給他們。這房子一直丟空無人問津，難得有人問價，業主也宜得拋售。於是，我們一家三口就搬進這單位，老家的那個放租。我父詹克明是救護員，我母愛玉是殯儀經紀，天天與步近或踩進鬼門關的人或鬼打交道，他們不是不信邪而是不怕邪，如母親所言：幽靈不過是人間。膽大就有有怕。

七百呎兩層複式單位，空間比一般的家庭可謂寬敞得多——如果，真的只是三人的話。

搬進去後，晚上我待在這屋子會聽到幾個孩子的哭聲，有時電視機無故開動，映著雪花。第一次他們向我現身，我還以為他們是附近走來的小鄰居。他們自顧自玩耍著，也不怎樣理睬我。大女孩和兩個小弟弟，腦後都呈星狀，開了血的星花，如果湊夠五顆，可成另一星團圖案。大女孩喜歡伏在桌上，而另一個小女孩走路時則托著自己幾乎脫落的頸部。他們說來就來，說消失就消失，有時有形無聲，有時有聲無形。每次到來都送來腥膻的味道，我隱約知道他們屬於另一個世界。後來我逐漸長高，他們卻永遠不會長大，彷彿另一個世界的時間停頓了，或者根本就沒有時間這意識。一趟小女孩拿了我的玩具熊來玩，母親愛玉見玩具熊在離地兩呎高的空中飄移，見慣世面的她登時也掩著嘴巴，那次我知道，原來看到鬼魅的只有我。我很怕人但我不怕鬼，說我反應遲緩不會轉臉，其實我只是專注於聽另一個世界的聲音。翌晚母親在門前插了一束楊柳，玩具熊染了一點血，安然爬回我的床上。後來我再長大一點，來了第一次經血後，四個瘦小孩子便再沒出現在我眼前。孩童有孩童的頻道，即便是鬼魅與生界。他們的消失標誌著我童年的句號。

但我感應另一世界的能力並沒有徹底消失。晚間耳畔經常傳來一段來回復返的大提琴旋律。別的同學學習樂器很多為家長所迫，而我卻是自發的。我父詹克明身高一七五公分，受其所賜我遺傳了他的身高，很適宜學習大提琴這種樂器。事實上父母是放任一族，我學甚麼他們都不管我。我從學習得知，那支不時在耳畔響起的幽靈樂曲，是巴赫大提琴無伴奏一號組曲。一天我在家中練習拉奏著，父親那天剛好休假，轉臉神情有點恍惚地問我：「你怎麼拉起這首樂曲來。」浸染於音樂中，我想此時我必面露光輝，我說：「多麼美麗的音樂。來回反覆。你喜歡巴赫的音樂嗎？」聽了我這一問，父親手上拿著的杯掉了在地上。父親開口向我說陳路遠一家他所知道的故事，就從這個晚上開始。他說一個黎明將近的晚上，青森男子與妻子和四個孩子，靜默無聲地搬進來。四個孩子喜歡在天台看月亮，禿頭妻子在客廳看電視。一夜凌晨時分青森男子招他過來，煮好咖啡播著巴赫那支樂曲，從容淡定向他陳列那如死亡藝術品般，給他在瞬間扼斷了命脈的至親。我父平常嬉嬉鬧鬧，但他說起這故事來眼裡閃著神采。其實每個人都有一副面具，如果你以為他是小丑那只是你看到的，或他所欲展示的。他對生命的無可奈何以一種近乎滑稽劇的諷刺回應，這方面他與母親可是絕配的。其實關於陳路遠一家，他所知也不多，但他是案發現場第一個目擊者，他說不得不如此，像被命運欽選似的。聽了他這一說，我想，也許他搬來這單位不僅為了多收一份租金，更可能是鬼迷心竅，而故事，由我這靈媒女子代續。

為免驚動父親，巴赫無伴奏組曲，我只在父親不在時才拉奏。無伴奏多好，不需與人協調，一個人完成所有事情。陳路遠那死亡行為藝術也是在無人伴奏下進行嗎？來回復返，流動不息，G音起，最後在高音G和弦下結束，向上揚升，多麼接近宗教。大提琴的弓在五條弦線上拉鋸，我晃動著身體，拉奏時想像陳路遠是提琴的弓，五條弦線分別是其妻與四個孩子；但轉念想到，如此說來便漏掉了也被殺害的大白老鼠，牠可也是一條生命呢。或者有機會，應該找回最原始的六弦古大提琴來奏。沉默，暗啞，有時拉奏完我獨個兒走上天台看月亮，隔壁那株喪氣的芒果樹竟還活著——由父親親手播種，現在已難說是否仍屬於我們的。

我曾經給獄中的陳路遠寫信。我不知他被囚於哪個監獄，查找資料說這城的重犯都囚在赤柱監獄，我便把信投到那裡。聽父親說陳路遠最後跟他說完話後，自此便噤聲不語了。錄口供時也不說話，真正行使了法律保持緘默的權利。我看小說或電影，看過創傷後陷於失語的人，如《假面》（*Persona*）中的女演員角色伊麗莎白。然靜默應該不止一種。陳路遠那種，不似是創傷失語，而更像是行使著個人意志決定不再說話，非不能，而是不欲。一時的脫離凡塵何以持久？誰人可在歌德教堂的尖端停留？超越後回到地面是何感受？往後無盡期的徒刑，真還可以那麼肯定自己一手所做過的嗎？要至死保持沉默，到底要多頑強的意志？即便他不再向人說話，一個人自言自語其實仍脫不了語言，這點我清楚不過。還是，他真的從此就不再想，不想自然也無所謂懺悔。或者對他而言，那已經是徹底斷裂的過去；甚至「過去」也不是，是壓根兒另一個世界的事。我很想知道，於是在我十八歲生辰那天，給他寫了一封信。我還附了回郵信封，當他看到回郵地址時，會有一絲的熟悉以至於荒誕嗎？但最終沒有他的回音。或者信件不曾送抵他。或者終極的靜默，就是他的回答。而城市在這年，二〇一二年，分外紛擾。

奇怪至今我仍未見過趙眉。陳路遠真曾有過這個妻子嗎？若說投胎應該都要等十八年，沒理由可打尖插隊的。或者還要待一些年，當我長到她臨到盡頭的年紀，方能感應到她。我的天分不完全，陰陽眼終究只有半對。我又聽過一個說法。這個世界，一人的出生代替一人的死亡，或者，趙眉的離去冥冥中成全了我的到來，一生一剋，是故，我們如南北兩極，終究不能面對。

伊雲思

很久以後都會記得那一晚的心情。

我以為自己不會踏足這塊殖民地了，但二十年後，我回來了。在銅鑼灣避風塘外吹海風，遊艇仍然泊著，卻異常擠迫，我曾經眺望的維多利亞港，竟縮得那麼小了。二十年前與林桂就在這裡分別，一別二十年，再回來，想不到就是送別他。我最後印象中的林桂還是十分矯健結實，雙目鋒利如刀，眉目端好，看著他的臉容會令我油然心動。二十年的歲月有沒有風化他的身體，他有沒有好像我一樣變成一個洩氣的氣球，我不知道。我多麼願意將最後他留給我的印象，變成一個凝鏡。

我離開時林桂剛擢升區指揮官，最後位高至副警務處長，差一步做到「一哥」，五年前退休，聽說患了嚴重憂鬱，今月自殺，了結六十餘年人生。想不到治喪委員會竟越洋找到了我，請我回來扶靈，說是林桂的意思。想不到他走到生命的盡頭竟想起了我。二十年前我辦了陳路遠謀殺一家五口加大白老鼠的案件，和聽審完自家大衛兒的販毒判案後，便回到離開了幾十年的老家愛爾蘭。原以為自此跟這殖民地已無轇轕，我連大衛兒十多年前放監也沒回來接，料不到原來還有一絲的牽纏。是的，我的大衛兒，不知他現在在城中哪個角落，會在蘭桂坊蒲酒吧嗎，他現在大約就是二十年前林桂的年紀。其實，二十年前我已經失去了他，我不喜歡執拾生命的遺物。他像我有一副高大骨架，眼底帶綠；不想見他，或者是我不想見到，那個已經不在的自己。

MELTING
ISLAND

一個人以為自己老了，原來還可以一直老下去。由老之始到老之終，老無盡頭。

由銅鑼灣避風塘蕩出銅鑼灣大街，人群攢動如蟻群，我戴著帽子穿插其中如一隻肥大的過街老鼠，是我的老眼昏花嗎，那麼多的散光燈點在街上暈開，城市光燦燦，但不再燃燒。我記得的這個城市晚上，一天的霓虹光管，竟夜不滅，如今卻黯然失色。我認識的漢字不多，但認得出來，一些霓虹招牌的漢字失修，一如我這副失修的身軀，等候最終被淘汰的命運。我不惋惜自己，卻有一絲惋惜，那曾經勾引我底慾望的城市夜色。

不想再被人群推撞，我鑽進了迎頭駛來的一班電車。我最熟悉的就只有電車，然而電車也好像有點不同了。坐車於我已經不為到達任何目的地，而是讓自己的身軀交託一個載體，如落葉之於風。落葉無情，然而殘軀仍有下意識。當電車駛進金鐘廊時，我從樓上步下來。身軀臃腫，腳步卻輕浮，路經金鐘道高等法院。二十年前陳路遠五項蓄意謀殺在此判落，離開法院時我碰到林桂。記得當時他眉宇有得色。都甚麼時候了？結果還不是一樣。我不是教徒，但不知何故，信步走上了聖約翰座堂，進內坐在長木椅上，靜靜地打起瞌睡來。

想不到整個中區「政府山」都停止運作了，只徒剩軀殼。六七暴動時，林桂初出茅廬，我帶著他一起鎮壓新蒲崗膠花廠工潮，又聯手衝入北角華豐大廈。五月一群左仔手持紅寶書衝擊花園道，向警車投擲石塊，我和他在防暴隊中，手持盾牌和警棍，警棍霍霍揮動的聲音我仍記得。多年沒想起他，說起來也曾出生入死。最後扶搖直上的是他，不是我。殖民地將不復存在，我萌生去意，至死仍記得林桂給我的臨別贈言：「伊雲思，早日回去吧。留在這裡，看著你熟悉的人與事，一點一點的失去形狀，我不知是敗壞還是新生。」他是對的，然而我又可回到哪裡去呢？離開愛爾蘭時我還是眼底帶綠的一個青年，再回去時已不一樣，它其實已非我的家鄉。自此我成了在世上漂浮的人，唯一的歸宿是死亡。想不到林桂比我早達彼岸，連這一站他都要搶贏我。我記得的你永遠年輕、勇敢、強壯，像你記得你自己。你的黑色靈柩襯著我的白手套，才一放手，靈柩滑進哥連臣角火化爐，我曾教會你很多事那又有何相干，到最後都化作輕煙。

來到老地方蘭桂坊，記起一個人在這裡飲悶酒的日子。人聲鼎沸，好像比以前更熱鬧了。一個人坐下來叫了一杯威士忌加冰，才點起一根菸，就有侍應請我出外。在強勁的音樂中，Cheers！Santé！Salud！Gānbēi！此起彼落。我忽然想到在我離開這城前的一年元旦，蘭桂坊人踩人釀成慘劇的畫面，眼前醉生夢死或談笑風生的人又有多少會想起。記憶就是鬼魂，不知是否今天剛到過殯儀館，鬼魂跟蹤得特別貼身。記憶就是鬼魂，我忽然想起陳路遠，不知他是否始終不再開口說話，不知他是否仍在聽他的巴赫大提琴無伴奏組曲，有沒有聽我臨別送給他的韓德爾《彌賽亞》。又或者，唱碟連唱機都給懲教人員沒收了。這個有意思的傢伙，世界早不認得他我卻一時念起，就在這個晚上。或者應趁回港這幾天，到監獄探探他。不在小欖應該就在赤柱。菸一根一根的抽著，威士忌後又一杯威士忌。何處有愛爾蘭酒吧何處就是我的家。

A女

如是者，兩年又過去。我的大提琴學得不怎麼樣，來來去去就是拉那首巴赫無伴奏組曲，可老師說，單這首曲，也算到出神入化的境地。專注的人自有專注的命數。

叱吒一時的毒販梟雄，收入監倉隔了時日就無人記起，何況是獨奏者的你。再被全城喚起，通常就是歸寂之時。二〇一四年九月十六日，我在電視新聞上首次看到你。被關押在赤柱監獄差不多二十年後，你終於滑入了終極的靜默，平靜的結局。新聞報導說：二十年前一家五口謀殺案兇手陳路遠，半年前患上喉癌，日前出現肺炎併發症，在瑪麗醫院羈留病房中離世，終年五十三歲。新聞還附上一段「當年今日」，我就是在這環節中看到你二十年前一幀照片。父親在客廳也看著，忽然凝重起來：「真巧合，那年事情就發生在九月十六日凌晨。」表面嘻哈的他其實心裡甚麼都記得。G音起，G音結，不啻為一個優美的循環。自此我對於二十年這距離，又有了不一樣的體會。

一九九四年九月十六日，差四天便是那年的中秋。我生於冬天，二十年前的中秋月我來不及看。今年的中秋來得早一點，九月八日，我在天台看了一個晚上的月亮。父親還當我小孩一般送我一個紙紮燈籠，母親拿起來在上面畫一個「奠」字，真搞鬼，在母親這一行中，紙紮又有不一樣的意思。

聽說鬼魂死後七天回魂，會回到生前的家。二〇一四年九月二十二日，我在家中靜待著，細聽有沒有鐵鏈的聲音。鬼魂回魂會被牛頭馬面鎖著鐵鏈押送，恐防他偷走，逾時不肯回到陰間。我拉起巴赫無伴奏一號組曲，好迎接陳路遠的鬼魂回來，也許這夜一直不見的趙眉也會現身，一家人在此團圓，過回二十年前錯過的中秋。但結果，甚麼聲音也沒有。也許對陳路遠來說，生前的家不在這裡。

九月尾，來到這世界上近二十年，我第一次不在西貢村過夜，而留夜於空曠的夏嶴村。這裡飄揚的口號：拒絕沉淪、命運自決、抗命不認命，跟自小聽父母常說的「事情不得不如此」，彷彿說著兩種語言。在廣場學懂摺紙傘，回家後我專注地，一把一把的摺。在旁看著電視的母親，無端爆出一話：「要下墮的就下墮得快一點。好麻煩，死唔斷氣。」我還以為她說誰，原來說的是這個城市。我沒話好說，我不能說她錯。我甚至暗地裡有點贊成她。這樣苟延捱著，真辛苦。電視新聞播畢，母親拾起我放在桌上的紙傘，又回復嘻笑狀態：「幾趣致。摺大一些，就可以當新產品燒給客人。」我略一怔，狐疑道：「陰間也會下雨嗎？」母親說：「陰間不過是人的想像。你說有雨便有雨。」我想想，說來也是，紙紮手機、紙紮平板電腦都有了，陰間不過是陽間的投射。雨傘遍地開花，讓它開到冥府去，也不錯。但我還是說：「這些雨傘不是用來擋雨的。」

翌日，我在信箱收到一封遲來的信。信寄自赤柱監獄，陳路遠在死前一天終於打破沉默，為了我這個素未謀面但一直受其陰影覆蓋的人。信裡只有一句話：「彌賽亞終究沒有來。」

●應《字花》「重寫本土」邀約，自選一個香港文學作品再創作（選了黃碧雲的〈失城〉），原刊《字花》二〇一八年九—十月第七十五期。

灰爆

灰爆今天如常地走出地鐵車門的夾縫時，聽到一把從沒如此灰爆的聲音在重複著一句話：「請緊握扶手！」「請緊握扶手！」……黃色的衣服絲毫沒有令她顯得比較燦爛起來，也絲毫沒有令一車被運送出來的灰爆頭顱轉臉望向這黃衣女子一眼，除了灰爆一人。灰爆一號走近灰爆二號，帶著疑惑的眼光看著她，不由得說了一句：「我們是否認識的？」灰爆二號也許想答話，但馬上意識這是不對的，停頓了約一秒後繼續人肉錄音機地重複：「請緊握扶手！」「請緊握扶手！」

灰爆一號踏上扶手梯，偏偏不聽叮嚀把手緊握黑色扶手帶上，這也許是她在日常生活中僅可作的叛逆，可有可無的一點心理補償。當扶手梯把她差不多運抵地鐵大堂一層時，她腦海閃出一張小時候認識的臉——那站在扶手梯口負責維持地鐵秩序的黃衣女子，是她小六時的一個同學。多年沒見，不知她的路是怎麼走到現在的。

一天下來，黃衣女子繼續盡忠職守地維持地鐵秩序，繁忙時分她看到很多自己的分身站在月台上，如細胞分裂般，一手拿著大聲公一手拿起一塊圓牌（上寫「請小心空隙」），如唸咒般重複說著：「請緊握扶手！」「請緊握扶手！」這景象對她當然是熟悉的（她在這裡上班近三個月），但自己抽離地看這黃衣克隆人的地鐵劇場，上班以來還是首次。於此，小時候學的牛頓第一定律——物件處於靜止或均速走動會一直如此，當遇外力才會改變方向或加速，在微小生活中竟也應驗到。剛才那定睛審視她的灰爆女子就是那外力，在地鐵這令人昏睡的鐵屋中，黃衣女子也要用上一段時間才想起來：她是我小學時認識的一個同學。剛才那灰爆女子雖然匆匆走過，但她的眼神沒有隨之而散，那眼神告訴她，對方也活得不怎麼如意。這也許可視為她們同代人的一個不明文記號。

自我意識是好的，但自我意識也可以是麻煩的東西。三個月來她以為自己已練就，讓思慮機器完全服膺於機械性的身體指令。但當下，她執著大聲公喊出的話聽在自己耳裡變成一把陌生的聲音，手牌上「請小心空隙」的溫馨提示忽然變成了一個諷刺。她看著地鐵月台閘門緊緊閉著嘴巴，只在列車停定月台時才短暫地打出一個呵欠缺口——今時今日，要在地鐵跳軌已不可能。《完全自殺手冊》今天若再重編得要少一種自殺方式，這不能不說是可惜的。「請小心空隙」，因為有空隙的地方，就可塞進東西，包括所有的垃圾資訊和聲音廣告。直至一個行李箱的車轆輾過她腳趾頭，那乘客沒賠不是反倒還責怪她站在這裡擋路，她才回過神來，察覺自己今天確是想多了。可幸思慮機器短暫活躍，表面上還沒有影響到她的工作半分。夜去晨來，一天又無驚無喜地過去了。

隔了幾天，當她再一次於晨早在月台同樣位置站崗時，車門吐出的人群中再次出現了灰爆女子。這次，灰爆女子同樣帶著疑惑的眼光打量她，經過她身邊時拋下了一句：「怎麼妳那麼沒神沒氣？」未及她回神，灰爆女子已踏上扶手梯，她注意到灰爆女子沒有聽她的話手握扶手，竟然還好像故意挑釁地在電梯上走動。此時地鐵扶手梯處發出的廣播變得額外巨大起來，以兩文三語反覆播出：「握扶手，企定定，唔好喺電梯上行走！請注意安全，站穩扶好，不要在扶梯上行走！Be a safe escalating user, stay firm and don't move!」她赫然意識，她不斷震動聲帶的人肉發聲，疊在喇叭廣播的機械錄音上，不過是另一重外置的安全保險。她的頭垂得更低了，剛好看到玻璃閘門底貼著兩道標語：「聽到叮噹　請先落後上」、「聽到嘟嘟　請立刻停步」，她首次豎起了耳朵，捕捉列車駛抵站時發出的「叮噹」（人們卻是逆向地「先上後落」）和離站時的「嘟嘟」（總有人會臨尾衝刺），驚覺這麼密集重複的聲音，她平時竟然可以本能地過濾，將之變成靜音。她很想跑上去告訴那位昔日同窗：「疲倦是必須的，否則如何負荷。」但灰爆女子已經到了扶手梯頂，正踏出扶手梯時好像還故意回頭掃了她一眼。儘管一刻她有衝動拔腿追上她，限於職責她不能這樣做，她要緊守崗位也即是讓自己原地站立。原地站立時她看到月台放了不少安全紙牌，也有貼在馬賽克磚塊上的多款安全廣告，例必配上「天天開心搭地鐵」、「心繫生活每一程」諸如此類動之以「心」但無人為之所動的口號。一刻她想到，原來自己也不過輕薄如一張紙牌，也許這樣的生存亦不無一份輕省。一切非常安全，夜去晨來，一天又如此過去了。

下午三時多，上班族仍未下班，但穿校服的開始湧現於月台。黃衣女子（你也可叫她灰爆二號）看著這些學子，想到自己穿校服的日子也不是太遙遠的事，由校服過渡到今天的黃衣制服，也不過是幾年光景而已。中間是怎樣走過的，想來卻是迷迷糊糊，糊糊塗塗。校服雖也是制服的一種，但給她的印象還是好的，起碼相比起現在身上那套制服要美多了。她平素最不喜歡的顏色便是黃色，家中衣櫃一件黃色的衣服也沒有，偏偏，好像命運跟她開玩笑一樣，她一星期大部分時間得穿上一套黃色制服，並以此界定了自己的工作身份。學生人潮中很多揹著沉甸甸的背囊，她想起公司早前給招來惡評的標語：「唔做碰碰車　放低背囊　唔會碰到人」；作為安全使者，連她自己也不能信服。怎麼可能呢，碰碰車那麼開心刺激，怎麼可能在地鐵內發生呢。多久沒玩了，可以回到穿校服的日子便好了。正想得出神，兩個肩並肩、手箍手、彷彿孖公仔般的兩個女學童在她面前掠過，徐徐踏進車廂。與其說是「碰碰車」，不如說是「糖黐豆」。這樣的玩伴她有過嗎？她想不起來。她想起那個近日向她投以問號的昔日同窗，有好幾天沒有出現了。

再次出現的時候，不在晨早也不在下午，而在週五黃昏時。不是從列車口中被傾吐出來，而是反方向地從扶手梯踏下月台。另外不一樣的是，這天灰爆背上揹著一件東西，那件東西比背囊大，根據公司指引，屬於大型行李，如超出尺度不准上車。這件東西黃衣女子很快認出是一件樂器，看其形狀不用打開便知是一具大提琴。指引歸指引，非繁忙時間，像這樣的樂器、甚至單車，黃衣職員一般都不加阻截。她走近灰爆女子（其實她今天氣色好多了），其實也無攔截之意，只是想到，今天有理由可以主動跟她說話了。她指指灰爆背上的東西，正欲開口，搶先說話的卻是灰爆：「其實你還記得我嗎？林海如同學。」黃衣女子一怔，終於溢出了工作守則答了一話：「我記得你。但我已忘記了你的名字。」「我們小時候也一起玩過音樂。」「我現在的世界只有噪音廂。」就只有一句話那麼多，黃衣女子馬上察覺到自己超越黃線，身上的制服復又現形，明明想回話卻被另一種本能攫住，張開嘴巴只懂說：「請勿站近車門。」她看到這昔日同窗好像要打開琴盒，此時列車駛進，車門打開，她想說甚麼卻只說出：「請盡量行入車廂。」她當下其實怕，怕這昔日同窗真的拔出弓來，就地在月台上拉奏大提琴，從來沒有人在這城做過這回事，她不想被投訴、被手機拍下，成為群眾圍觀的對象。終於那同學無可奈何地關起琴盒，踏進了車廂，在車門差不多合上時，僅來得及向她喊出一句：「快離開吧。我的名字，其實跟你一樣的。」晨去夜來，此時正值下午七時，她放工的時候到了；她佇立在月台上，良久思量著，何謂「離開」的意思。

●小說原刊《香港文學》二〇一八年一月第三九七期「香港作家小說專號」，曾被譯成英文（宋子江翻譯），見 *Cha* Issue Dec 2017：http://www.asiancha.com/content/view/3009/636/

睇住

弱台復生，沙城人覺得並不出奇，反正荒誕的事天天發生，多一樁不嫌多，不過又讓沙城剝花生族多一個茶餘飯後的話題。如何重啟才是戲肉所在。為秉承弱台「永劫回歸」的精神，弱台決定重召昔日光華——重新啟播的頭炮節目，包括重新推出曾幾何時為它們贏來不少收視掌聲的招牌節目《今日睇真D》。然而，沒有人可以踏入同一條河流兩次，時移勢易，由於節目主要對象早已不是沙城人，它們亦早已豁出去不再需要肩負任何扮本土的使命，從陸國來的高層一錘定音，決定優先照顧操普語的普羅觀眾，將節目重新包裝改名為——《今天看真些》。跟城中王姓肥導演名字相近的亞視掌舵人更豪情萬丈地說：「我們在哪裡倒下，就在哪裡站起，謹定四月一日重播！」

消息在新聞發佈會宣佈後，便引來沙城人議論紛紛。本來，弱台鹹魚翻身還是強勢回歸，沙城人還不太放在心上。事情繼後出現漣漪效應，還要由一個小學生的行動說起。一個小學生在臉書貼上自己一篇文章，文章題目是老師指定的「我的一天」，文章中出現了這一段：「今天陪阿嫲睇醫生，睇完醫生去睇戲，睇完戲去睇波，睇怕今天都算是充實的一天。」這段文字本來也沒甚麼，問題是出自一個小三學生之手，被普教中的老師看成是對個人尊嚴和學校的挑戰。零分不在話下，學生因為以上一段文字，更被扣操行分及留堂一天。此外，膽正加罰抄一百次：「今天我陪伴祖母看醫生，看完醫生看電影，看完電影看足球，看來今天也算是充實的一天。」學生臉書將整篇文章，包括老師一個個紅筆大交叉和訓斥評語，以及罰抄筆跡完封不動貼上網。臉書status上寫：「我就係睇唔過眼先咁做。我承擔後果，包括一切由此而來的懲罰。」這臉書條目很快被網上點擊率一向高企的「有種學生群組」轉發，迅即引來多人讚好，不少留言力撐（以下謹引少許）：

——又不是睇女仔，miss駛唔駛咁重手呀！

——睇嚟「睇」字在我們的中、小學快要「被」消失了。哀哉！

——我們要睇實呢個社會，救救孩子，免他們受普教中的毒害！

當然，批評學生或偏幫老師的反面留言還是有的：「細路，開襠褲還未脫呀，尊師重道是美德，先學好寫字吧。」不過這些我們就不多引述了。

一件事與相接的另一件事沒必然的因果關係，但翌日新聞便將兩則消息——「借屍還魂《今日睇真D》變《今天看真些》」與「孩子『睇唔過眼』」

相提並論。關於前者，有人發信到通訊事務管理局投訴，通管局官員以節目還未出街（正式來說是還未製作）為由不予置評，重複申述沙城一向尊重創作自由。關於後者，矛頭更多指向教育局，教育局局長吳得掂先生迫於民情，在鏡頭前面泛紅光瞄著貓紙期期艾艾地回應了幾句：「普教中……有助提升……學生的語文能力，但我們……無意在……學校打壓方言。」這話不說還好，一說即擊起千層浪，回應的自不乏語言專家，尤其是在捍衛粵語方面一向不遺餘力的次文化堂堂主彭老總，在「凌絕頂」節目聲嘶力竭地狂劏到近乎「眾山小」的地步：「嗰忒狗官知唔知，『睇』字喺我哋文化裡面幾咁重要，深入民心，睇病、睇醫生、睇書、睇戲、睇大戲、睇報紙、睇相、睇水、睇場、睇開、睇化、睇法、睇怕、睇小、睇死、睇定先、睇下點、睇實佢，有俗有雅，甚至有來自江湖切口，係一個活生生嘅百搭字。如果有日連『睇』字都冇埋，我哋真係冇眼睇。」才子答腔，果然名非虛傳：「廣東話不僅是方言，它之抵死啜核，不少已經失傳。我試舉一例。今天還有多少人懂得『石罅米』？歇後語即『俾雞啄』，揶揄男人，如曾幾何時的西關大少，把錢花在嫖妓之上。語言來自民間生活，今天別說石罅難找，『走地雞』在禽流感後，更在城中絕跡了。」

當年大台仿效《今日睇真D》馬上以《城市追擊》還拖，但今時今日，大台早已歸邊不願在「方言」問題上表態，追擊的任務落入也以模仿見稱但更有創意的「百無」身上。百無電視在網上設起論壇，首集《今日激嬲了》邀來曾經是《今日睇真D》台柱主持但後來轉投情緒愛心事業的沙姐明上來。主持人東星班問沙姐明如果今天《今天看真些》邀她歸巢她會否考慮，沙姐明不愧飲沙城奶水長大，年輕時曾剃光頭飾演邊緣少女，她斷然說：「別說我早已淡出娛樂園離開『公仔箱』了，今天即使重金禮聘我，我也不想重複自己了。《蝦仔爹哋》我還是有興趣演的，但如果節目改稱《孩子父親》，那還有意思嗎？」最後一句話頗受傳誦，一時成了sound bite。首集反應熱烈，百無一連幾日添食，繼《今日激嬲了》馬上推出《今日激親了》、《今日激夭了》、《今日激爆了》、《今日憤怒鳥》、《今日痴筋了》，每集完結時還要抽歌神的水，高歌「亞視永恆，當所愛是你」。

事情再進一步升溫，還在重罰「有種學生」的那個匿名老師，被一班高登高手起底之後。這老師本名洪簡之，現年五十九歲，早年以優才計劃來港定居，高登群組稱她為密司洪（Miss Hung），好像她是甚麼秘密司令似的。原來是這名普教中老師，在校外另有一要職擔任，為「普教中語言常委會」主席。這新成立組織名義上為一民間智庫機構，但經查實原來只是一家「一人顧問公司」，但經它提出的語言方案，政府一樣不會掉以輕心。密司洪一時腹背受敵，好在她獲得沙城家長聯會會長李私煙力撐，李私煙公開呼籲：「我與洪老師認識近二十年，她為人正義，傳媒請不要人格謀殺，不要將政治帶入校園，不要將校園崇高的語文教育政治化！」她還在街頭發起「撐師」簽名運動，結果在幾天內真的讓她成功取得「十萬個」簽名。「網上的 like 是假的，這裡的簽名可個個是真的！」李私煙神情激昂地說。事實上她也沒完全胡說，支持她的家長可真有不少。至於密司洪，她見形勢倒向她一邊，便站出來義正辭嚴地解畫：「『普常委』只是我在繁重教務以外志願成立的非牟利組織，旨在為沙城的語文教育出謀獻策。刻下沙城的語言去向正處於分水嶺，學生普遍的語文水平不斷下滑是不爭之事，我們不可迴避。我深信『普教中』有助提升學生的中文寫作能力，讓學生不用永恆地進行『口』與『手』的交戰。試想想，一個終日在『土豆』與『薯仔』之間不斷徘徊擺盪的人，思維怎麼可能快捷？去除語言蔽障，人的思路才得以清明。改革從來是痛苦的，但不改革只有死路一條。現在我們的社會對孩子實在太寬鬆溺愛了，忘記了古訓有云：『教不嚴，師之惰』，所謂愛之深責之切，打者愛也。語文教育的根本改革，必須從幼苗做起。我無意全盤否定方言，但我痛斥那些將方言政治化、無限上綱將方言地位絕對化、無限美化的『謊言專家』！」洪老師姓非虛傳，年近花甲仍聲如洪鐘，說話擲地有聲，感染力強，說罷果真有一班肥頭耷耳的中年家長簇擁著她拍手歡呼。

次文化堂堂主彭老總便是在看到以上媒體報導和文章後禁不住拍檯大罵的，力度之大把他書櫃上一排靜靜躺著鋪著塵埃的方言書籍驚醒起來。他馬上在報章撰文說要「單挑」那個一人顧問公司主席洪簡之，並呼籲既然四月一日快將到來，亞洲電視要是有吉士的話，第一集就邀請他和密司洪擺一個擂台，就方言問題上辯個高下。要是他輸了，他甘願跪著由中環走到西環。彭老總此文等於是向對手正式發一封戰書，亞視要是龜縮，其他媒體欲成其事以滿足一眾明辨是非者、剝花生看戲者，想必還是有的。文章出街後，那個洪老師一時間也沒有回應，首先出招卻是城中有「屈人」之稱的一個專欄作家，屈作家撰文力挺洪老師，聲討那次文化堂堂主為滋事分子、機會主義者。文章也不忘借題發揮，趁機提出積極建設性意見，力主政府應進一步推行「沙城居民語言應用、語言能力及語言態度」研究，在此謹引文末一段為憑：「我認為沙城奉行多年的『兩文三語』政策是來到適時檢討的時候了，當下應著手研究如何適度有為地在沙城落實繁簡『雙語文能力』框架，讓學生不僅懂得說普語，長遠目標還懂得書寫簡字，以提升沙城人與陸國及世界的接軌，維持沙城的繁榮安定和經濟利益。」事情就在這樣的情況下，由一個慨慨冒煙的小火苗，在種種偶然和非偶然因素下，撥成一個旺盛熾熱的大火圈。

事情結果還是在重複中出現點變奏。等了幾天，亞視毫無動靜，大台也闊佬懶理，議事辯論的責任落到「有種學生群組」身上。他們實行於四月一日在臉書架起擂台作現場直播，分別向彭老總和洪簡之發出邀請，洪簡之起初答應，但臨到開壇，又以自己只是一名教師，不願當明星更不欲被人利用為由推辭，只剩次文化語言專家彭老總唱一台獨腳戲了。擂台擺不成，彭老總更加氣上心頭，唯有一人對著鏡頭挑機：

洪簡之老師，你冇膽上嚟，係冇眼睇定唔敢睇？好，我而家就同你上堂課。你咁睇唔順眼，我第一堂就跟你講個「睇」字。你以為「睇」字係俗字？你係中文科老師，唔知道「睇」字可上溯到《詩經》嗎？「題彼脊令，載飛載鳴」，古時「題」字通「睼」、「睇」。好，《詩經》太遠，那講下而家。如果學生喺文章寫「相睇」，你非要佢改寫「相親」嗎？喂大姐，未「睇」先「親」，有欠斯文吧。一個「睇」字博大精深，你知唔知沙城人單單形容看東西，就有幾多詞彙？「瞧」、「𥄫」、「䁢」、「睥」、「射」、「睇」、「睩」、「矋」、「覷」、「望」、「瞄」、「𥅈」、「睄」、「睃」，你識得分辨其中嘅精細質感嗎？你給我一一翻成普語看看！（注：此句彭老總以普語說出。）哼，唔好匿喺鏡頭背後偷睇，好多人𥄫住你，有種就上嚟應戰。我唔係將方言絕對化，我只係唔願意見到方言被邊緣化。

花生族見打擂台變了講耶穌，紛紛喊回水，但網上論壇是免費節目，並無水可回。花生碎跌了一地，於是他們又轉台去了。反而是「有種學生群組」中真的有不少學生留言讚好，認為彭老總所言，比他們在學校上的語文課有趣千倍了。「有種學生群組」遂邀請彭老開壇教學，不如一集三分鐘跟大家講一則方言，彭老總為人爽快，一口答應。這未嘗不是事情的意外收穫。

是日黃昏，由於資金調動及不明人事因素，弱台製作部班底還未湊成，那輯萬眾期待的《今天看真些》自然也只好流產了。其最高領導人王精先生也不失大方，豪情加點幽默地面對傳媒：「嘻嘻，今天是四月一日嘛，大家都知是甚麼日子。愚人節，認真你就輸。但我們確實有愚公移山的精神，今天我們雖然未能成功站起來，《今天看真些》未來一定會捲土重來。亞視不滅，沙城不死，大家放長雙眼，等著瞧！」

● 收於《十年．內外》，隨電影《十年》（＋Book: Box Set）DVD出版；二〇一六年十月二十一日。

踢腳慧嬰

「一生兒女債，計都計唔晒，兩個湊到大，生活更愉快。」這支歌仔，現在是沒有人唱了。現在的人也不一定生兩個。像這個因肚內胎兒踢動而面上泛起痛苦微笑的媽媽淑怡，懷的就是第一胎也將是最後一胎。那何謂愉快，得看你如何定義。像現在把手放在淑怡鼓脹肚皮，不止，還把耳朵貼近上去的淑怡丈夫，因聽到胎兒生命氣流而孳生一種前所未有的幸福，也屬愉快。被踢的不是他，他感受到的那種幸福一定不夠妻子實在。

「吖，她又在踢，真得意。」耳朵貼在妻子肚皮上的丈夫說。肚內嬰孩當然聽不懂那個準爸爸的語言。他那句話透過充氣的肚皮穿透進她奇異發育的耳朵中，扭曲成一把無意義的聲音，她於是更用力往母親肚皮上踹，一踹，再一踹，淑怡的微笑近乎蒼白了，再踹更近痙攣了，你們對生命的禮讚，她好像要以憤恨的踢來回敬，不止，她浸在羊水泅泳中還不忘向母親體內吐口水，以證大人所說的水乳交融，儘管她未懂語言但她曉得。她也曉得，那隆起如一個山丘的肚子根本不是肚子而是子宮，她猛力衝撞子宮壁裂出許多孔洞來，羊水破腔而出先是透明的繼而血流成河，刺激起在旁見證生命誕生但其實愛莫能助的父親的淚腺滾滾從雙眼流出淚河，呀，生命真是太多液體她不忘在離開母親子宮前放肆地在裡頭撒出最後的一泡尿。戴著手套把她從地府扯出來的幪面醫生緊張了，怎麼不是頭顱先出先跑出來的竟是兩隻細軟但踢動的腳掌，頭顱箝在裡頭恐怕要缺氧窒息了。但生命的力量比想像中頑強，她差點兒還把醫生踢了一腳，頭顱終於也走出來了第一個反應竟不是放聲大哭而是唧唧的笑。臉由紫藍漸漸回復血紅。唧唧的笑，剛才淚流滿臉的父親也笑了，剛才淒厲尖叫的母親也笑了，剛才手忙腳亂的醫生和白衣護士也笑了。確如莎士比亞所言，她竟然來到一個全是傻瓜的大舞台。

他們也很快注意到了，不斷踢腳的嬰孩的左腳板底有三顆癦痣，是她父親先開腔：「腳踏三粒星，能管一千兵。」「這孩子將來一定很了不起。」母親答話。他們給孩子取名慧嬰。又據說嬰兒投胎轉世，都經地府閻王在屁股上狠狠一踹，才拋物線地墜落人間，是以嬰兒出生時都有一個胎記，慧嬰也不例外，所不同者是她臀部那胎記不僅紅腫一片，還完全像一個腳掌輪廓，好像有人剛剛赤腳在她身上踏過而留下來的足印。慧嬰也果然是不凡的。她未滿三月已能雙腳站立。不再躲在母親肚內，她把整間屋子都當成一個臨時擴大百倍的子宮，見物即踢，又愛跺腳，又常常往牆壁上撞，她父母因此在家中加設了許多軟墊護欄，把所有有角的傢俱都用海綿保護物包裹起來，家中一下子變成一間精神病房似的。而從地腳線一直鋪展至天花頂的牆壁厚厚護墊不僅發揮保護作用，很快證實亦能發揮意外的隔音作用——慧嬰踢腳跺腳至興奮與憤怒交集時常愛尖叫，音頻高得可以表演震碎玻璃杯絕技；加設牆壁護墊後家中儼如一間密封隔音室，鄰居沒有再向管理處投訴受聲音滋擾了。

半歲時慧嬰已能在家中疾步奔跑了。奇怪的是反而她母親在家中無故絆倒的情況越來越多，地墊變得好像是為她特別鋪設的。雙管齊下接受了行為治療師矯正和情緒智商自我管理課程後，慧嬰的狂暴亂踢和尖聲喊叫也大為收斂。其實奏效的不過是比她手掌還大上兩倍的智能手機，她四分三歲時已懂得用小指頭滑動手機，雙眼對牢屏幕兩者儼如磁石的正負兩極般，那麼專注快樂，遠看還以為她拿著一塊心愛的波板糖，因為太愛而不敢咬碎。還好慧嬰還懂得分辨，可吃和不可吃的。有時她母親做家務時不慎摔倒在地，她仍是坐在自己的嬰兒欖上面不改容目不轉睛，她母親唯有自顧自爬起來，思疑學行的好像是自己似的。一定是湊小孩又要做家務弄得太累了，一如許多核心家庭，父母二人也從東南亞一島國請來一個年輕女孩當家傭，慧嬰才多了一個玩樂的伴兒。家務分擔了，奇怪是連摔跤也分攤了，有時是母親無故跌跤，有時是家傭無故摔倒，雙雙一起仆跌也是有的，此時你眼望我眼，傭人總是搶先把主人扶起來，此時慈愛的母親便想到傳道書所言：「若是跌倒，這人可以扶起他的同伴。若是孤身跌倒，沒有別人扶起他來，這人就有禍了！」聖經畢竟是有智慧的。

一歲未足母親已帶慧嬰參加資優兒童Playgroup班。上課時暫時手機給沒收了，慧嬰的踢腳行為又故態復萌。不止一個同學家長向老師投訴，說自己的寶貝給那個叫慧嬰的女孩伸腳絆倒。老師看著慧嬰水靈眼睛掛著的長長睫毛，娃娃臉上泛起的美麗笑容，幾乎不能相信眼前這標致女孩會存心捉弄同學，便向家長解說應該只是誤會，畢竟孩子走路步履未穩，Playgroup中有些孩子有時還要四肢爬行呢。只有收到投訴的母親淑怡暗裡覺得事有蹺蹊，不可能以純屬巧合來解釋，但懷疑收在心底，表面還是極力維護自己的孩子。「不可能的，孩子都是天真無邪的。是我們成年人太多忖度了。」

但家中原本用來監視傭人的攝錄機，又一再以意想不到的方式派上用場。起初其實也並非故意的。只是傭人忽然辭退後，做父親的把攝錄機從牆角解下來，無心播放時，發現錄像間有鬼影掠過，特別是母親絆倒在地時，之前的零點數秒，有一東西在鏡頭前快速飛閃，並非佔據整個畫面，而就在母親足踝處，有一團雪花掃過而旋即消失，只有以極慢速回播時，才勉強看到這鬼影雪花好像有一條腿兒的形狀。這些月來，女兒屁股上的胎印漸褪，五個玫瑰紅橢圓點子加一個葫蘆形狀不那麼明顯了，母親想：「可能是閻王下腳太重了，孩子來到人間要報復！」母親趁女兒熟睡時擦擦她腳板底的三粒星，好像在刮從超市贈回來的禮券印花，看看塗金的表面下印的是甚麼東東；奇怪那三粒星好像也會隨年月變換形狀，有時是三粒星有時是三粒花，有時捽著捽著又變成了三個數字似的。倒是她父親堅持說：「腳踏三粒星，能管一千兵，這個錯不到哪裡去。」說這話時閉目的慧嬰其實很想伸他一腳，但事情未完全敗露最好還是裝睡的好；父親手包著她軟綿綿的腳掌，又復覺得她可愛得無以復加。

直至她一周歲之日，就是她在世上活了三百六十五天之時。父母親捧著蛋糕從廚房出來，還唱起生日歌來，「慧嬰，快許個願，禱告給上帝聽。」慧嬰終於忍受不了，也不介意在這值得紀念的日子，現出蛇形的真身來。她先凌空踢出右腳，剛好滑過蛋糕中央那根蠟燭頭的毫米之上，搖曳的燭光即時被旋起的腳風吹滅；她隨即再凌空踢出左腳，直擊到蛋糕底令蛋糕飛竄到天花頂再完好無缺地落回父親手上。一切來得太快了父母親還來不及反應，目定口呆還未弄清究竟發生了甚麼事，只見女兒立在眼前左腳橫空定著，好像一個跆拳道高手剛穩住一個旋踢姿勢，舞裙變成了武衣；父母親同時屈膝下跪鼻尖剛好嗅到慧嬰揚起的左腳板，把她腳板底的三粒星看個清楚了。兩人不禁伸手捽擦好像擦一個Jackpot般。一粒星揭曉成一個「6」字。第二粒星再揭曉成一個「6」字。連中三元在望，慧嬰忽然收起腳來原地站立。此時極端聰慧的她已掌握了成人語言，可以說出複雜的句子來。但語言有毒不好言說，她幾乎想說：「我的願望是，從此請不要替我慶生。」她幾乎想說：「上帝隱藏，而魔鬼也不好露面。」她不想令失神的父母嚇得魂飛魄散，但凡是人，畢竟還是有惻隱之心的。她飛快地以近乎光速般回到自己的嬰兒櫈上，拿著手機定睛看著熒幕照鏡。一切來得太快了父母曲折的雙膝回復垂直，失神的時刻短暫恍惚得如同「斷片」般，父親把生日蛋糕拿到嬰兒櫈前的桌子上，重新點上蠟燭，竟若無其事完全失憶般複述了同樣句子：「慧嬰，快許個願，禱告給上帝聽。」倒是母親補了一話：「願望不要說出來，才會靈驗。」一周歲的慧嬰明白了慈悲，也閉起雙目許了一個願：「願我的父母永遠愚蠢，這樣我們便可永保幸福。」

父親看著女兒閉目因而顯得更加美麗的眼睫毛，倒是母親出神想起傭人辭職時說的話：「這家有一對無形的飛毛腿，屬於幽靈或鬼魂的，躲在暗角隨時橫伸出來。」興許這便是蛇開啟給女人的智慧，母親看著女兒默禱時娃娃臉上泛起的笑容，不禁打了一個冷顫。第一次母女同心，在這值得紀念的日子。母親回想起自己懷胎時不斷給體內尚未成形的生命踢腳，原來這生命氣息與生之本能，同時也是對生命的無聲反抗。一歲的女兒仍在子宮中，她想將這間暫借的臨時房子變成墳墓。但願生命的感應是錯的。但願是自己的產後抑鬱幻覺。但願張開眼時女兒變回一隻天使。「親愛的父母親，今天我非常快樂。」

●原刊《字花》二〇一五年九—十月第五十七期。

2047浮城新人種

The Genesis of New Man

1 浮城下沉

相傳這片土地曾經浮在半空中。人們以為它一直可以奇蹟般地對抗地心吸力。但奇蹟顯然不是永遠的。從某個時候開始，浮城不斷向下沉，起初人們並不察覺，除了隱隱嗅到濃濃的海水味，並不覺海水之淹至。後來，終於來到一個臨界點，浮城像坐過山車向下俯衝一樣直往海面下墮，浮城著陸當兒，由於與地面衝撞的力度相當巨大，受腦震盪的不計其數，只剩下少數人安然無恙，以至於由於大部分人經受腦震盪，沒受過的反倒成了不太正常的另類人士。從此，浮城的歷史分為了前浮城和後浮城時間。浮城還是叫浮城，名字一旦習慣化了就有無比強韌的壽命，以至於超過它的意義本身。但事實是，浮城已經不再浮了。有人也拍手稱好，從此浮城向海水借取土地，就更加方便了。

2 機械進化論

浮城地面上，再沒有甚麼地方是未經開發的了。寸草不生，不要緊，這個世界有人造草。花不夠香，不要緊，這個世界有人造花香。天空是混濁了一點，但人們並不介意，因為天空早被摩天大樓、高架天橋、高聳入雲的尖塔遮擋了。即使沒被遮擋，城中人走路特別愛低頭，各人頸上都掛了一塊鉛，踐踏著自己或他人的影子走路。沒有人再理會天是藍色的、紅色的，還是黑色的。

城中人也不怎樣睡覺了，一天到晚以隱形眼籤撐大雙眼工作，到該睡眠時就進入睡眠機，這種新發明的睡眠機，可以干擾人的睡眠，將睡眠必經的周期壓縮，好讓浮城人將多餘出來的時間貢獻給沒完沒了的工作。睡眠周期縮短，結果之一是人們做夢的時間大大減少，從入睡至熟睡只是一刻的過程，天然做夢被認為是不切實際的。做夢成了一個假日活動，好在浮城還有安息日，安息日中，人們可以利用做夢機，在經調節的環境中做個好夢，城中大大小小的健身室都安裝了這些做夢機，每逢安息日，經常出現長長的人龍。

藥物方面，城中近年流行一種無痛失憶藥，被視為睡眠藥後影響城市生活的一大發明。服食者可以將創傷性記憶洗去，藥物已經可以滲透入人類腦部不同的記憶區，雖然必須要承受連帶非創傷性記憶也一併受損的副作用，即是殃及池魚。除了失憶藥，當然還有各種影響人類情緒的藥物，如納米開心藥、虛擬實境興奮劑、快絲邏輯鎮靜劑、基因減壓晶片等等。

眼淚在一夜之間被蒸發掉，浮城人無端端大規模地染上了「貧淚症」。眼淚雖被認為是多餘之物，實用價值不高，但到底有排解壓抑、表達情緒的作用，因此醫學上便發明了人造眼淚，這種人造眼淚不是滴在眼球上，而是滴在大腦皮層上的，透入腦部神經刺激雙眼，讓人重嚐久違了的流淚滋味。特別行政區首長在回歸紀念日升旗禮上，將率先使用。

達爾文的進化論有了新發展，如果昔日是「物競天擇」的話，如人類尾巴的消失是漫長的自然進化過程中將無用之物淘汰的結果，那麼現今人類已進入了「物競人擇」的紀元，自我製造一套機械進化論。所以這個城市，每個人都是光頭的，因為頭髮已被視為無用之物，人類甫出生，便可以接受一項永久電擊去頭毛的手術，免得不時要花時間整理頭髮。城中的理髮店成了式微行業，只有一些激進的反進步人士才留有長髮。僧人與凡人無從分辨。

也許天擇與人擇也是難以分清的，這個城市，最早出現天生沒有盲腸的地球人。割盲腸，起初是一項城中運動，政府為了宣揚「實用主義」哲學，將二〇四七年定為「割盲腸年」，口號是「割盲腸，得頭獎」——這年接受割盲腸手術的，可獲免稅優惠，結果響應者眾。後來更發現，好些嬰兒先天已經沒有盲腸，起初只是個別例子，逐漸成了集體現象，以至浮城內還有盲腸的嬰兒逐漸成為少數，反被標籤為「盲腸綜合症候群」，俗稱「爛尾症」或「附錄症候群」（Appendix Syndrome）。沒有醫學家可以解釋盲腸自然消失的原因，只是大家都以為是人類的一大躍進。

世界對此嘖嘖稱奇。各地紛紛派遣科學家前來，對浮城新人種作研究考察。政治家、玄學家、科學家預言，繼盲腸之後，預計自動消失的人體殘餘物將陸續有來，包括智慧齒、肚臍、包皮、處女膜等等。以金紫荊像作喇叭，廣場上響徹雲霄地播放著理查·史特勞斯的《查拉圖斯特拉如是說》，於二〇〇四七年七月一日，浮城正式迎向新紀元及新人種的到來。

●原刊於《明天日報》二〇〇七年七月一日（*Artmap* 應特區回歸十周年出版的「一日完」擬仿未來報紙；又一山人策劃）。

NEW HUMAN
ISLAND

身外物，心上人

他身上的錢包是她送的
他身上的皮帶是她送的
他身上的恤衫是她送的
他頭上的帽子是她送的。

衣服，不知不覺都有了歲月的痕跡。

有點脫皮的錢包用了七年了。
皮帶也已五年了，可幸圍在他腰間，扣子還不曾移位。
恤衫稍新，三年，白色的衣領還沒染上穿久了的一環汗漬。
帽子是最久的，十年，原來帽子那麼耐用，可長期戴著，如果你不介意所謂潮流轉換的話。

一個人站出來，一身衣裝就披上了時光。

而且還不止如此。

以上說到的「她」，其實不止一個。

送恤衫的是「前度」。

送皮帶的是「前前度」。

送錢包的是「前前前度」。

送帽子的是「前前前前度」。

「她」不是「她」不是「她」不是「她」。

然而都有著同一個名字叫「情人」。

他不是故意將衣服披戴的。

「前度」不好展示，他只想收藏、埋藏、埋葬。

然而一不小心，他還是穿上了。沒有人會看穿其中的密碼，所承載的故事，除了他自己。

已經很久沒有人給他買新衣了。

獨是腳上的皮鞋是他新近自己買的。

前度情人給他送鞋子的也有過，但鞋子是不耐用的東西。很多雙鞋子的鞋底，就是跟情人挽手在城中遊弋時磨蝕的。

一個人甚麼都不用做，光站立著，佇立著如一柱街燈，就標記著一棵樹的年輪。

儘管都是身外物。但他捨不得丟掉，那又成心上印了。

我的希望是把他——面前這個男子的衣服一一脫掉下來，還他以一個裸身，不為情慾，不為纏綿，而只為卸下他的重量。他這樣活下去，真挺累的。

我甚至已給他買來一條內褲，如果我成功把他的褲子脫下，讓他穿上新的內衣，也許我就可把他的眾「前度」趕退，成為他的「現任」。一個人是不應該只活於過去，或將「過去」不住的運到現在，任其侵吞殖民所有生活的。

他把襪子脫下了，襪頭稍稍穿了個洞，也是其中一個「前度」送的。
他放下了錢包，繼而脫下帽子和恤衫。
然而他的皮帶仍緊扣著。
我勉力解開它如解開一條鎖鏈，久久纏綁著的。
但掀開面紗之下仍是面紗。
他的內衣緊貼著他的下身三角地帶，是他最愛的但已不在的心上人送他的。
他做不到讓它被取代。他不欲將痴迷的對象變成代數。

「對不起，我已成『愛無能』。」
「你既有不同的『前度』，就不可多接納一個嗎？」
「那『前度』眾數其實都是同一，她去了又回，回了又去，每一次回來都是一個故人，每一次回來都是一個新人。我一直未能走出這個循環。」

自此，我知道他的情感內衣不是穿在身上，而是織在心上。要他把心上人從心裡拿下來委實難，那是一幅心之刺繡，不是貼紙。撕下來會將他弄得血肉模糊。

從此，對「女人如衣服」，我有了新的認識。衣服如沉積岩，堆疊著一個忘不了，無能忘記、卸下、脫下、放下的故事。一個情感永劫回歸的故事。

我放手了。我只是有點怪你，既然無心何以也曾送我一對黑絲襪。自此我也成了一個脫掉不了外衣的人，一直穿著一對黑絲襪，以為這樣就可與你看齊，廝守終生。

●原刊《城市文藝》二〇一五年四月第七十六期。

閃小說七則

除之不盡

深宵凌晨，十致電給他的前度女友三。
「今天是我們的分手日。」
「分手也要慶祝嗎？」
「不，我只想跟你說一句話。」
「甚麼話？」
「我對你的感情是十除三。」
「甚麼意思？」
「除之不盡。」
「是的，我明白，第三者在這世界總是太多。」

感情的距離

十年前她跟我說：「Let’s go.」
十年後她跟我說：「Let go.」
小時候英文老師教「apostrophe s」的時候，並沒告訴我，這是一個量度感情的單位。
由Let’s go到Let go，期間是以光年計的距離。

在Sex Shop中遇見

我必須說，這地方我是不常去的。

那天不過心血來潮，看到唐樓樓梯口放著一個性商店招牌，便上去看看性商店葫蘆裡賣的是甚麼藥。我不認識，所以我好奇。

在這種地方遇到舊時相識是有點尷尬的，尤其對方是一個女孩子。不過事實是我比她還尷尬，她看來卻是一臉大方自然。

碰著的時候，她就站在自慰棒的角落。

因為太緊張，又想打招呼，傻傻的我說了一句話：「來買東西嗎？」

她轉臉微笑，答曰：「嗯，本來是。但現在不需要了。」

一個自哭、自讀或自泠的地方

我來到一個地方，所有人都在低頭哭泣，從鼻孔嘴巴發出窸窸窣窣的聲音。起初我以為走錯了地方，但這裡明明放著一個個書架，而低頭哭泣著的身軀所伏著的書桌上，又明明擺著一本一本的書。是的，沒有弄錯，這是一個圖書館。圖書館的讀者就是作者自己，他們在看著自己的書。我坐下來，並無哭泣，只是哆嗦，圖書館的空調太冷了。

小說的角色

角色1：我們的存在理由只有一個，證明作者的創作能力。

角色2：但如果我們不能以文字活現出來，作者的自我證明將變成自我否定。

角色1：所以作者在創作的時候也在賭博。

角色2：賭的是自己的才華。

角色1：還有堅持、身體與運氣。

角色2：差一點都可以失敗。

角色1：沒有完全成功的小說。

角色2：因完美在世上是不存在的。

角色1：那我們怎樣幫作者一把？

角色２：你真好心，我準備摧毀他。

角色１：摧毀他你也不成人物。

角色２：也好，同歸於盡。

分心的人

我有一個朋友，做A事的時候想B，做B事的時候想A（或C），他不時埋怨時間不夠用，害他分心，不能專心一致做好想做的事。但真實原委是，他甚麼都不想做，他缺乏做好事情應有的熱情。他活在一個藉口的世界。分別在於，他是否知道自己就是編織藉口的人。與其說他是一個「分心的人」，不如說他是一個「藉口的人」。

但我又憑甚麼說他呢？你看，我多愛管別人閒事，弄得自己明明要做的事都沒有完成。

讓座的人

有一個人，自年輕時便讓座予老人，他一直讓一直讓，以至分不清，這是美德還是習慣使然。直到一天，他如常讓座後，站立時雙腿微微顫動，他緊握著扶手。他不是不感到身體的疲倦，他只是忘記了歲月的年華。或者不想記起。他搭乘的那部列車不斷行駛，他自己心目中的那部列車卻不曾離站。

●〈一個自哭、自讀或自冷的地方〉刊於《讀者文摘》二〇一二年九月號；其餘六則刊於《香港文學》二〇一四年六月第三五四及七月第三五五期。

面之書

1

說過老死不再相見，說過此後不必往來，然而，我們還是再碰面了。

還要是你主動邀請的。

我很遲才願意進入那個世界——那個叫「面之書」的世界。遲遲沒有進入，沒有甚麼原因，也許因為懶惰，也許因為我素來習慣避開太多人進出的地方。在這個過於擠擁的城市，我常常想像獨自走一條杳無人煙的路，而這樣的路如果在現實生活中尚存，常常意味要背離大眾的熱鬧，以及做一個不太與時並進，不合時宜的人。

2

但最近，準確地說在我失戀的一百零一天後，我還是靜悄悄在「面之書」上掛號。也沒特別原因，也許純粹為了打發一點時間。而且現實太過孤單，在另個空間上，即使只是獨對屏幕，畢竟還是多點人氣。果然，我陸續收到了一些邀請函：

「××在『面之書』中把你增為朋友。我們需要你確認，你與××是否真是朋友。」

最初收到邀請時，每個案我都需要尋思一陣子。××，第一次出現時，代入了一個陌生名字：NANA。我想了很久。我好像從來沒認識一個朋友叫NANA的。第二次收到時，××卻是太熟悉了：代入的是Chan。由出生至今，我想不到認識過多少姓陳的人。而在姓陳的男或女之中，又有多少個稱得上是朋友呢。第三次收到時，××卻即時有了形貌：安安——那是我公司的一名女同事，平時沒多談話，沒料到她卻把我當成朋友了。奇怪是朋友就朋友吧，反正朋友是一個千層糕，有很多層次，但既是朋友，無論是底層還是頂端，事實上又何需確認呢？普通朋友，談不上確認；知交的，早就心照了。確認也罷，還要是通過一個Third Party——那不知名的「我們」來確認？

因為無法確認，這些來函，我多數是不回覆，置諸不理的。我平生最怕的就是確認關係。

3

「那你甚麼時候帶我回家？」

「二人世界就很好嘛，何必要把關係那麼快便擴大至家人網絡？」

「你不帶我回家見你父母，就是你不確認我們的關係。」

因為這三句話，我們曾經冷戰了三天。這是甚麼時候呢？望著「面之書」閃光發呆，我好像已失去具體時間的感覺。

4

翌日，我在公司電梯碰到安安，跟她說早安，安安頭也不回，沒理會我。雖說不上是朋友，但總不成不瞅不睬吧。一連幾天，安安就是把我當作透明人。最後，為免影響工作關係，我還是主動上前問個明白：「我是不是有甚麼地方得罪了你？」

安安也心直口快：「是你先擺架子呀，我邀請了你幾次了，你就是不理會我。」

噢，原來如此。我沒料到那些邀請函是認真的。就這樣，為了息事寧人，我首次在「面之書」世界上接納了一個朋友。想不到我為一個這樣關係平凡的女子獻出了自己的「第一次」。

進入安安的「面之書」，我禁不住噗嗤一笑，沒想到安安的那張臉，竟是一張熊貓臉——真真是我們的國寶，不知叫安安還是佳佳的熊貓臉。我對安安不太感興趣，但還是胡亂的瀏覽了一番。最後我終於知道安安發怒的原因。原來她在跟朋友比賽，三天內看誰成功邀請更多朋友加入「面之書」，結果揭曉，安安以一票落敗。噢，原來安安就是輸在我的手上。

別有用心也好，這個女子畢竟把我帶進了一種嶄新關係。未幾，我就收到一個訊息，登在自己和安安的「面之書」上：彼得和安安已經成為朋友。二〇××年四月一日零時十分，我成了安安第一〇八個朋友。剛剛趕及做第一百零八條好漢。料不到這個不起眼的安安，在另一個世界中竟是朋友如雲。百多個朋友，那是一個怎樣的國度？後來我知道，這個數字在「面之書」中，也不過不失而已。

但新國度卻是連著舊世界。這個時候，我還沒料到，後來就是在「面之書」中，我竟跟舊女友重會了。

說過老死不再相見，說過此後不必往來。天下間其實哪有絕對的話。

今天下班回家，在地鐵列車中我就跟一個多年沒見的同窗舊友重遇。為了避開過於擠擁的空間，我故意延遲下班，不因工作太多，而只為進入一個不至將人壓縮成罐頭沙甸魚的列車。黃昏時分，列車內一張張臉孔似乎都飽受了一天的摧殘，顯得疲憊不堪，我不知眼前那些無感臉孔比「面之書」上的臉孔是否更真實，還是更虛擬些。忽然一人拍我肩膀，我起初不認得他，打量一下才認得他是誰。這也不能怪我，他現在的臉跟我昔日認識的那張臉有相當落差，也不至跑出太多皺紋，而只是臉孔跟腰圍一樣比昔日變寬了，本來的一張瓜子臉變成了一個皮球狀。互相問好，說說近況，冷不防他問我跟娜娜是否已拉埋天窗。莫非我讀書時曾經有一個情人叫娜娜？還是他記錯了別人？記錯了名字？還是或然率極低地我們根本錯認了對方？我一時啞言，想想，反正名字也只是符號，便也淡然地說：分開了。二人無言，好在他下一個站便下車了（又或者，他是為免尷尬才提早下車）。我目送著他的背影在車門開合間淡出，遠離，而終至消失。

這個世界，重逢如果都是反浪漫的，真的不需要太多。

5

「Justina在『面之書』中把你增為朋友。我們需要你確認，你與Justina是否真是朋友。」回到家中，哎，想不到連我八歲的甥女，都邀我加入成為朋友。作為舅父，關係自是不同，但我從來沒想到跟不多見面的甥女，可以以朋友相稱的。我想了一想，ignore了。

但這邀請還是把我好奇地帶到「面之書」的「朋友搜尋器」上。一按，搜尋器旋即給我找出二十多個可能朋友。我想了一想，可能朋友即潛在朋友嗎？一些還未發展，或一些已遺忘的朋友？嗯，凡事都有可能，但現實生活中，可以找出來吃飯談心的可能朋友，於我卻寥寥無幾。

我遂移到客廳吃我的一人微波爐晚餐。扭開電視機，有議員稱呼不知名選民為「朋友」。有高官面對鏡頭時稱呼質詢他們的記者為「傳媒朋友」。那個笑裡藏刀的特區首長，短短發言中更一連四次稱呼敵對的民主派議員為「民主派朋友」。現在電視台報導新聞的「記者朋友」也太年輕了，以往謝絕於直播室的懶音不時出現，年輕記者頻將「朋友」讀成「貧友」，聽在耳裡，本應覺得礙耳，忽然又覺得情有可原，以至多少道出了事實。於是我緊皺的眉頭稍微鬆開了。人大了，如果無法改變現實，應該學會寬容一點。

這個世界真是越來越有趣，也越來越叫我無從把握。朋友的定義，在這虛實難分的世界，或者已從量變起了質變。

6

「你一定要活得這麼認真嗎？認真到你甚麼東西都拒絕？拒絕平庸，拒絕溫情，拒絕媚俗。拒絕自我欺騙，拒絕中產生活，拒絕一夫一妻，拒絕成家立室，拒絕生兒育女！」

失眠時忽然想起與前度女友一次爭吵時，她向我投擲的一連串怨言。我當時只當前半段是開場白，後半段才是戲肉，無非是在婚姻問題上向我施壓罷了。現在回想，其實整段話都有意思，前度女友，畢竟是明白我的。

「就是為了守著你的 Solitude。」

「就是為了守著你的 Honesty。」

「就是為了守著你的 Artistry。」

「就是為了守著你跟世界的距離。即使是跟你最親密的人。」

女友連珠炮發。

甥女的邀請函又再次發來。因為已經是第三次（早前兩次我都 Ignore 了），這趟的邀請函有點不同，語氣略重：

——你的朋友在等著你。你跟這人是朋友嗎？如果他是朋友，請按「是」，否則請按「否」。但你一定要「按」呀！請回應，否則你朋友會以為你拒絕他 :(

做朋友還是不做，這是個問題。按還是不按，這也是問題。但我這刻疑惑的卻是，以上這段話字裡行間的邏輯矛盾問題。於是我又猶豫了。但結尾那個苦臉表情，還是有它的力量。我平生最怕人苦等，讓人等候是一個罪名，於是，甥女成了我在「面之書」的第二個朋友。

「Peter 潘，我告訴你，我已經沒太多歲月蹉跎。皺紋都開始跑上眼角了。我已經等了你三年了，你甚麼時候才要我？」我又記起與女友的口角。

「但是，Wendy 劉，這是甚麼年代呢？還有誰要誰、誰擁有誰這回事嗎？我只屬於我自己，每個人，最終都只能為自己的生命負責。」

「好的，你要記著你今天這番話。你要為此付出代價。我們以後，老死不再相見。」

7

在「面之書」中，我終於見識甚麼叫「眾生相」。走入每一個「面之書」單位，首先迎來的是一張「形象照」。「形象照」就好像一個門口，一打開你便即時感受到寄居其中的主人的一點特徵。很多人的臉孔都是半遮半掩的（絕對不可用在身份證上），有些給一個背面、側面你看，也有些只是割切面部的一部分，大特寫自己的眼、耳、口、鼻，以局部代替全部，完完全全是修辭學上的提喻法（synecdoche）。全副面相示人的，不少卻是稀奇古怪的自拍照，把額前的頭髮全梳下來蓋著眼睛、擠眉弄眼把五官盡情扭曲，以至拍自己的玉臂、拍自己的雙腳（穿著鞋子陽光灑落以證自己「在路上」），很有幾分臉孔的疏離效果。此外，借第三者來代替自己真身的也頗常見，譬如我的甥女，放的是一張偶像歌手照；「朋友」之中，也不乏放上電影明星照、名作家照來代表自己的。最令我哭笑不得的是朗朗，這個說自己喜歡哲學思考的朋友，放的是一張蘇格拉底的圖片。也許蘇格拉底就是朗朗的面具，只保佑朗朗不會飲鴆而卒——要不要在他的「牆」上留下此言告誡？算吧，我實在毋需過分認真。

「面之書」不僅挑戰了我對朋友的定義，還打破了我一貫對臉孔的看法。我一直以為，臉孔是神聖不可侵犯的。西塞羅說：「世間一切盡在臉上。」卡繆說：「阿波羅的雕像值得讚賞，是因它的臉上沒有表情。」蒙羅麗莎不用說吧，放在羅浮宮中每天被世人朝拜，人們排著長龍就為著感染一下這張臉孔散發的神秘光環。不要說蒙羅麗莎，每張常人的臉難道不也是奇蹟嗎？都是眼、耳、口、鼻掛在一起，卻生出獨一無二可供辨認的存在印證，這難道不是上天的造化嗎？當看到「面之書」上一些將五官擠捏扭弄的荒誕臉孔時，我禁不住想到杜象給蒙羅麗莎肖像畫上兩撇鬍子的惡作劇，世界的神聖、莊嚴沒有了，一下子變成一齣滑稽劇。又或者，這正正是人類挑戰權威包括上帝的微不足道的反抗？

那我自己呢？我雖然不算熱衷、更不能說神迷於「面之書」，但既在這世界劃了一圈空地，也還得要遵守遊戲規則，在門口掛個招牌的。於是我放了一張「Out-fo照」。對我來說，這不是惡作劇，也不是滑稽劇，相反卻有著它的嚴肅性。Out-fo（Out of Focus），從某些時候起我已經無法對焦自己，而照片的模糊效果彷彿也申明著：我並不想告訴你我是誰。你不要走得太近。

「你活得也過分認真了。」我忽然又聽到女友說。不，是前度女友才是。

對焦不準之外，這張照片也是「過期」的；當然，所有照片在拍下的一刻便已是過期的，我的意思是，這張照片，是由我舊女友拍的。也許，這才是我選擇這張照片的真正原因——某程度上我仍活在過去，一種無以名狀、壓在下意識的牽掛情緒正苦苦地折磨著我。如果夜中有夢，如果夢裡有她，不知會否比「面之書」的面孔更為整全，更為真實。

8

想不到你還會來Poke我。Poke：捅、扎、戳；那麼暴戾，卻是「面之書」中跟朋友打招呼、特別希望引起對方注意的動作。好在於「面之書」的虛擬世界中，被poke的人是不會痛的。暴戾於是就成了無傷大雅的純語言遊戲。

我又記起來，以往你發脾氣時，也會捏我的肉、用指甲刺我，這可是不可不理會的。表皮被刺破，就會冒出血來，在皮膚上留下幾片小小的、紅色的彎彎新月。塗了蔻丹的指甲是最具傷害性的利器。紅色的彎彎新月到底消失多久了？昨天還是圓月，今天變了虧月，我已經喪失時間意識了。

人有悲歡離合，月有陰晴圓缺，此事古難全。我復記起舊女友跟我唸蘇東坡。此時，卻是連虧月都不見了。天上只有厚厚的積雲遮擋視線。面前屏幕待機時，卻是一片藍藍的天空在旋轉。

你是那麼的一個烈性女子，掉了頭，不會回來的。想不到你還會來Poke我。不過，想想，這個動作，也應合你的性格。

Poke我的人，叫夜鬼。「夜鬼」本是日常用語（我本人就是「夜鬼」一名），但夜半三更，陰風陣陣，忽有「夜鬼」來刺探，我還是禁不住打了一個寒噤。許是鬼來招魂，像這種不明來歷的招呼我照理是不理會的，這趟，卻神推鬼使地回應了。滑鼠一按，不需多少個步驟，我就連上了夜鬼的世界了。

一走進去，首先看到的是一抹鬼影；我說的是夜鬼的形象照：一個把披散長髮向前梳盡把五官面頰連下巴也覆蓋的一張臉，堪作《倩女幽魂》的一幀劇照。但世事哪有如斯淒厲呢，鬼本來就該是無形體的，有形體，有影子的，即是人了。雖然整張臉給長髮遮掩，但我的直覺告訴我，那張沒露面的面孔我是認識的。

我在夜鬼的「面之書」中，發現我們有兩個共同相識的朋友。一是安安，一是Justina。我想了一會，也想不出一個同時接通我工作世界與親人世界的中介朋友，這兩個世界，在我不刻意的維持下，一向都是互為絕緣的。

唯一的可能是她，我的前度。她認識我的親人。也曾跟我共事一家機構。說不定她跟安安，跟我一樣也是同一日同一情況下成為朋友的。她來poke我，難道對我餘情未了，對我也有一絲掛念？

才一想，鬼就在我「面之書」寫下了留言：

再模糊的面孔，我都能認出你來。

Out-fo照跟鬼影照畢竟還是匹配的。

三度輪迴六度分隔
結果我們還是在「面之書」重遇了。
沒有永久的愛
但有永遠的恨
我終於可以跟你面對面交談了。

其實我想告訴你的是，我下個月結婚了。
你會來喝我的喜酒嗎？

做人不用太認真，我曾多次告訴你。
你自己想想吧。我們終究是朋友。

● 原刊《香港文學》二〇一七年一月第三八五期「香港作家小說專號」。

記憶修復員

1

我在一間資料修復公司工作，公司名字非常直接，就叫Data Recovery。一天，一個面容憔悴的女子走進來，說：「可以給我把檔案恢復嗎？」我說：「是的，這是我們的工作。但你要把電腦帶來，我們檢查過，才知道是否能夠修復。」女子卻說：「我不就是已經到了嗎？」我仍然很有禮貌地回答：「我說的不是你，我說的是你有問題的那部電腦。」女子卻說：「你怎知我沒有問題？」我答：「我不知你有沒有問題，但我知道你不是一部電腦。」女子笑說：「哈哈，你怎可以這麼肯定？」沒有等我回應，沒有等我狐疑的表情退落，她便掉頭走了。

我沒有感到非常奇怪。怪人，我見過不少。我低頭一看，玻璃櫃檯上竟留下了她一隻手指。

手指粉紅色，短短的一根。容量是16G。我把它保留下來，鎖進櫃桶內。我沒有打開它。我並不習慣打開任何人的東西，因為經驗告訴我，打開，有時可能帶來意想不到的後果，與始料不及的責任。

2

開機。當機。開機。當機。

我吃著我的晚餐時，同時給我的手提電腦充電。

昨天買來的一捆青綠香蕉，今天就變得通黃了。新貼的牆紙又披了一角。傷感的日子，未必下雨，只是總覺得一種潮濕的感覺。這梅雨天的日子。

我把五隻爛熟的香蕉一次過吃掉，當作我的晚餐。這樣的晚餐是單調了一點，不過，有擱在桌面上一個個給咬掉一口的史蒂夫「蘋果」相伴，也不失為一客有營養的水果晚餐。

修復記憶的工作是很沉悶的，一個人對著電腦自言自語，無非是要把備份找出來。有時我想勸退客人，不見了就不見了吧，人生不會說沒了甚麼東西就會死的，不過想著我以修復為生，這樣的話自然不好說。即便是一捆香蕉，也是要錢買的。

相對於修復記憶，我更喜歡把無用的東西丟進資源回收筒，特別是按「清理」一鍵時，我幾乎想也不想便「確定」，「砸」的一聲，好像碎紙機碎紙似的，有一種說不出的痛快。日常的事未必那麼容易確定，電腦裡積存的垃圾，我可是毫不留情。

3

女子回來，面上有兩團紅暈，或者剛剛喝了一點酒，但顯然是清醒地問：

「你給我修復好了嗎？」

「修復？修復甚麼？」

「我昨天不是留下了一隻手指嗎？」

「噢，原來是要修復的，我還以為你不小心留下了。」

「裡頭有一個檔案，我怎樣刪也移除不掉，它其實對我沒甚麼妨礙，但我就是有點潔癖。」

「你不是說要修復嗎？原來是要刪掉？」

「對我來說，刪掉不需要的東西，便是最佳的修復。」

「那我們倒有點合拍了。好的，我給你檢查一下。」

我把手指插入ＵＳＢ槽，奇怪裡頭是空的，一個檔案也沒有。這個女子真的把我弄糊塗了。她是甚麼人呢？或者她是一個幻想家？一個夢女孩？一個小說家？無論如何，總不成是她所說的一部電腦，人機合一的化身。也許這女子看科幻電影太多了。

Battery low。我給手提電話 Recharge。

Battery low。我給手提電腦 Recharge。

墨水不足。墨水不足。總是覺得自己墨水不足。

如果我身軀的電池也耗盡呢，我可以如何給它充電。對人來說最有效的方法是睡覺，關機一刹那熒幕發黑，突然照見自己的樣子，但也只是那麼一閃，不敵沉重的眼皮，我復闔上眼睛，睡著了。

4

女子翌日又來了。

「十卜，你找到了我的檔案嗎？」

「十卜？」

「你不是技術支援嗎？Technical 十卜。」

「噢，小姐，你喜歡給人起暱稱嗎？」

「是潮語，潮流的『潮』，不是暱稱。」

「那小姐，你喜歡說潮語嗎？」

「那要視乎說話的對象是誰。」

「那請問小姐怎稱呼？」

「我的名字，不就是Ex囉。」

「Ex？」

「Expired的Ex。Exercise的Ex。Excuse的Ex。」

「那Ex小姐，我還有甚麼可以效勞的呢？」

「有呀，你是技術支援嘛，我當然需要你繼續支援啦。」

「但Ex小姐，我是技術支援，不是情感支援呀。」

「我看不出兩者有甚麼分別呢。」

「這是很深的話題，暫時無法討論。讓我說回你的『手指』。我初步檢查過你了，裡頭是blank的。你要刪掉的東西應該已不存在了。你大可把它拿回。」

「不，它隱藏在很深的地方。如果那麼容易可把它找出來，我也不用找你了。」

「我不確定是否能辦到。」

「你現在開啟了我，就得負上責任了。」

又一次，未及我回應，她又一個箭兒般飛走了。

5

「你現在開啟了我，就得負上責任了。」一整天我就想著這句話。時鐘滴滴答答地跳動，沒有人光顧。或者現在備份是太容易了，或者現在資料越多也越貶值了，人們都可以將資料上載到雲端，需要我這種專門修復工作的人好像越來越少了。放在桌面上的那根粉紅色手指我一直沒有動，我怕進一步檢查它，不知會翻出甚麼來，但不知是出於無聊還是不敵誘惑，我結果還是拿起了它，把它插進電腦裡。USB槽再次吮進這根粉紅色手指，今晚我則以真正的蘋果作晚餐，伴以熒幕上的安迪華荷的「香蕉」作佐料。

進行病毒掃描，確定沒有士兵會從空心的木馬跑出來，我便開始檢視檔案。今回我更仔細地檢查手指的記憶。我用深層搜尋器全面掃描，確定「手指」裡頭只有一個叫Readme的唯讀檔案，顯示為隱藏檔案（hidden file）。Readme，那麼普通的檔案，幾乎所有軟件都會有一個。但既然是她的要求，我就當是一個order來做了。我用了不同方法試圖把它刪除，但它好像白色衣服上染上的頑固汙漬，即使使出最強力的漂白水也無法移除得掉。移除不走，我試圖改變它的唯讀（Read Only）狀態，把它變成可寫的（writable），但亦告失敗。移除不走，改動不了，我唯有打開它。「叮」的一聲，冷不防熒幕彈出一段撲朔迷離的話。

無法復原。此檔案可能已經變更。

失憶人，你對我真的毫無印象嗎？

（這個版本是從您的個人快取中取出的。）

難道是最新病毒，連我一向用的強力防毒軟件也偵查漏了？說時遲那時快，Readme這個檔案，已經自動由「手指」複製到我手提電腦的硬碟內，也是怎樣也移除不走。鏟除這個檔案，變成不僅是他人之事，也與自己「相容」（compatible）起來。我出盡辦法才把它移到資源回收筒中，狠狠按下「清理」一鍵，「砸」的一聲，以為它會消失於無形，結果還是原封不動留在這裡。

自此，有個檔案始終卡在我的資源回收筒中，用盡方法也清除不掉。奇怪那個「前度」女子自此卻沒有回來。她如一縷煙般消失，也許真的把事情忘記了。又或者她的到來就是要提醒我一點甚麼，她才是真正的修復員？漸漸我的腦海浮現出一個輪廓，一點模糊和割裂的印象。檔案擱在資源回收筒如長期滯留在「失物認領」處的物件。它的存在一直刺激著我的潔癖，一度令我寢食不安，但我深信一天，我一定可以把它徹底移除。

●原刊《香港文學》二〇一六年七月第三七九期「香港作家小說專號」。

兩生花店

1

聽說世上每個人最少都有一個分身，跟自己長得一模一樣，在世界不同角落飄移，冥冥中互有牽連；但只要始終不曾碰著，又變得無所知曉。跟自己的分身撞個正著，一般被認為是凶兆，如果由朋友或親人看到另一個自己的分身，可能意味疾病、危險的將至，如果由自己目睹，則可能象徵死亡。

所以，那天我在「兩生花店」看到「你」時，我知道一些東西是要完結了。雖說跟你已分開十年，但記掛一直是有的，也別說愛。但事實上，我看到的那個「你」也不知能否說是你，她跟你長得一模一樣，連身高身材也幾乎一致，可她不是活人，卻是立於一扇窗櫥之內，人稱「櫥窗公仔」或「模特人偶」的一具人形物體。我最初見到「你」時還嚇了一跳，渾身打了一個冷顫，以為自己在人間遇上了幽靈。然而我凝神把「你」打量時，我確定「你」的質地是玻璃纖維硬膠狀，感覺冷冰冰的，除非幽靈也是有質感的，否則眼前的「你」不可能是你。

街角的重逢故事，千百年來可歌動人或沒了下文的有許多，沒想過發生在我身上的，是這樣的。如果我在街上與你重遇，我可能會低頭扮作不見，可能會掉頭走，也可能會禁不住輕輕送上一句：「久違了，這麼些年，我一直記掛著你。」可現在你以人偶之身出現，我雙腿痴立原地，與你面面相覷，我的生活如快速搜畫，而你竟是一幅時光定格。或者眼前所見只是幻覺，我在做著一個奇異的夢，在夢的半睡半醒邊緣徘徊。我擦擦自己的眼睛，甚至在自己臉上打了一個巴掌，確定是有響聲和溫熱的。但這又能確定甚麼呢，如果連這擦眼睛、掌耳光動作，也屬夢境編織的部分，我又如何辨識清醒與夢魘的邊界？再張開眼睛，面前仍是站立著原封不動的你，身上穿著的，竟是十年前我們分離時一樣的衣衫。

我不知在原地站立了多久，來的時候還是日頭西斜，轉眼已近黃昏，櫥窗燈光如聚光燈打在你身上，你面上掛著一個永恆不變的微笑，但雙目卻是哀愁的。隔著玻璃我彷彿聽見你的心跳聲，或者衰微的時鐘已經暗暗啟動。

2

人們替「本真」製造一個「分身」，通常不出兩種可能。一是出於崇拜，如世上形形色色的神像、圖騰，以至星光大道上的雕像、杜莎夫人蠟像館裡的人體蠟像等。一是出於勞役，如巫師製造替身娃娃在其身上扎針、落降頭，或者在科幻電影中看到的克隆人，成了被世人操控、進行各種非法、不人道實驗的工具。如果真有人依照你的形貌把你造成一個模特軀殼，那人會是誰呢？我跟你十年不見了中間互相錯失許多我實在無法猜估。一刻我想過掉頭而走，明天折返也許一切了無痕跡，但另一個我卻聽到一把似曾相識的聲音召喚，禁不住踏前靠近，並推開了店舖的玻璃門。我不知道玻璃門後等待我揭曉的命運真相如何（也許並無「真相」。也許真相永遠不為人所知）。

3

店內空空如也，我是唯一闖進去的人。櫃檯坐著一個年約三十歲的男子，他背樑直挺挺地端坐著，望著玻璃櫥窗人偶的背部，視線彷彿也穿透她們落入

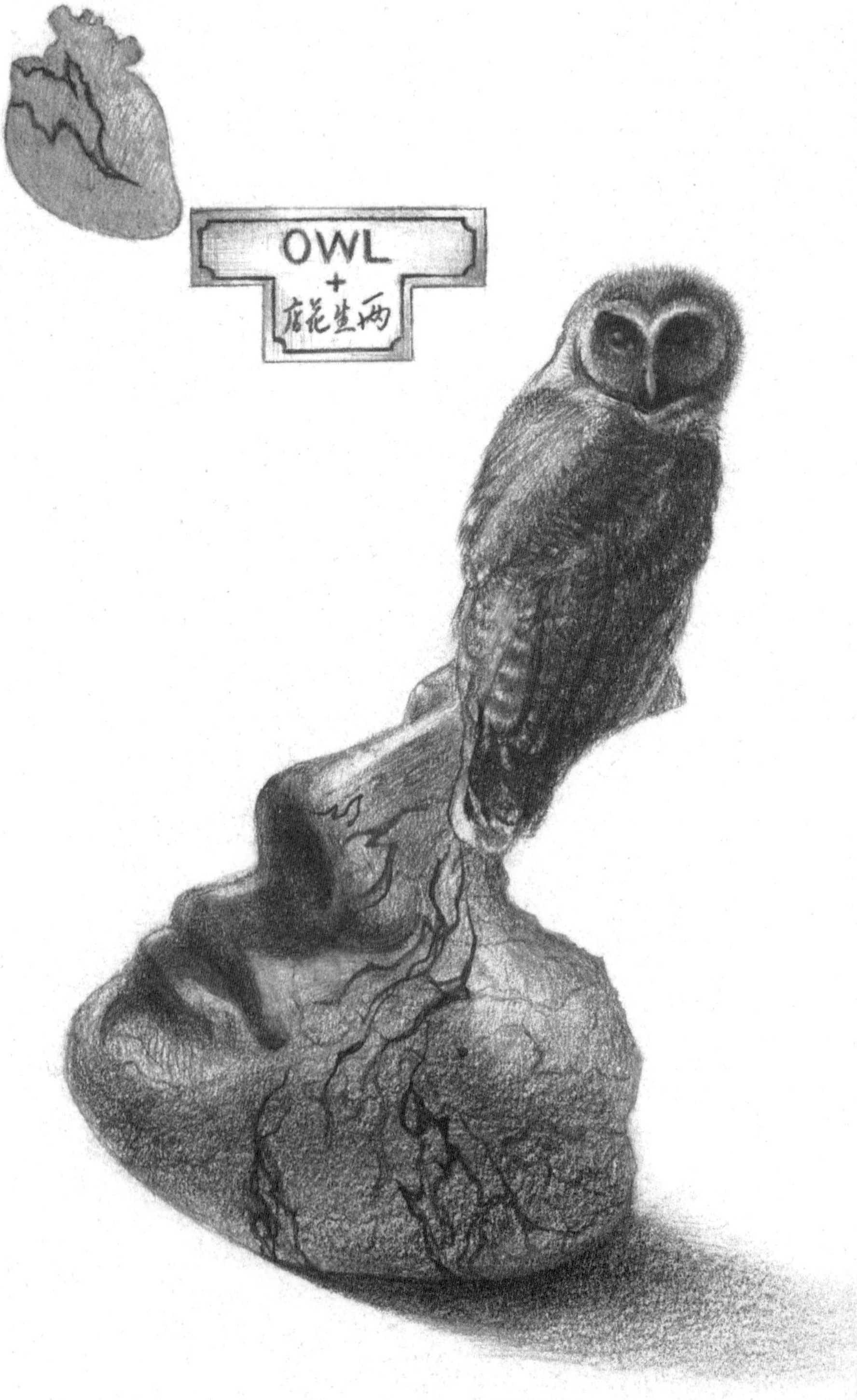
OWL
+
店花生兩

櫥窗對出的窄街；坐得那麼凝定，他本人看上去就有幾分像是蠟做的。又或是他把眼前的方塊櫥窗當成觀景窗或屏幕，以玻璃窗外的窄街作生活劇場，反過來望出去，又不知是甚麼光景。

男子靜默無語，對於我的進來毫無反應，事實上他盤坐著如一塊石頭，如果他把左手放在大腿上右手支在下巴上，就幾乎成了一尊羅丹的「沉思者」雕像。我打量著店內的陳列擺設，奇怪除了一個個形態各異大小不一的櫥窗人偶外，幾乎不見任何商品。店鋪的西牆倒放了不少書，不是整整齊齊放在書櫃上，而是書櫃已經歪倒、毀壞了，書本從書櫃上傾塌下來彷彿不久前這裡發生過一場地震，書本滾滾墮地互相堆疊成一個小山丘，看來只是店主個人的私藏。

打擾沉思者的思緒是不好的，作為一個也性好沉思的人自然明白。我安靜地踱步，在他背後望出去，方才看到櫥窗格內，原來鋪上一地鮮花。血紅的薔薇與慘白的白合，春天的杜鵑與秋天的黃菊、紫色的風信子與藍色的鬱金香；水仙花栽滿另一格櫥窗地上，起伏有致如一面花之湖泊。獨沒有你喜歡的秋海棠。記憶中的你也甚愛鮮花。「兩生花店」，莫非就是一家「花店」？

心想的話，卻好像開口說了。

或心有靈犀，櫃檯男子打破沉默：「花自是少不了的。但丟在地上，意思又不一樣。」

「芳氣籠人是酒香。」

「你酒也喝得太多了。別糊塗，這只是防腐劑的味道。」

「那窗前的一具具櫥窗人偶呢？」

「某程度上，它們也是防腐品；但我更願意稱它們為，『感情標本』。」

「感情標本？」

「是的，其實跟拍照差不多，所有照片拍下來，都是死亡的瞬間。相片氾濫了，就有人想到給愛人作雕塑。這可是一種秘傳手藝。戀物成癖是一種罪名，『兩生花店』也只是一家秘店。這一具具櫥窗人偶，就是這店的作品，根據顧客交來的樣本訂製的。你看，那個在櫥窗格地上爬行的小童，穿著天藍色水手服的，就是依照他媽媽交來的一幀照片模鑄出來的。」

「他媽媽為何要這樣做呢？」

「顧客的動機我們是不問也不猜估的。總之我們根據顧客的描述，有時具體至一幀照片，以至帶來真人，有時只是口頭形容，我們儘量做出相應的模型來，如果能做到形神俱在，那就最好了。」

「萬一失手呢？」

「萬一失手就再做吧。我們把次貨劈去頭顱，或者模糊了面孔，或者截斷雙腿，售給不同的商店。你知，這個城市商店眾多，櫥窗模特不斷在繁殖。隔一條開了一整列婚紗店的婚紗街，就特別需要無頭人偶。」

「那在另一格櫥窗地上滾動的三色貓又是甚麼回事？」

「這世界沒有說寵物不可當模特的。有寵物主人在寵物的最後日子，把牠們帶到我這店內，為不久於人世的寵物製造一個分身，或者說是標本吧，我更願意這樣說。」

「那你是有求必應，或者說，只要顧客找你，肯花錢你便會做嗎？」

「也不是，我雖然不問及他們訂做標本的因由，但我會從他們的眼神、言談，感知他們的心態。純粹金錢是買不到神韻的。只有從他們眼神中我感受到深沉的思念、憐惜或哀悼，我才會答應。因為也只有這樣，我才能做出一個恍若有靈魂的模特人偶，而不僅止於美輪美奐。標本不是純粹的商品，我的作品也不多。」

「那它們為何仍留在窗櫥內？」

「就是最初來訂製的人，把它們忘了，始終沒有回來。人的思念成疾時，瘋狂得你難以想像；可一旦退溫，其忘情也是你無法猜想的。」

「那有你做了不願放手的嗎？」我終於把重點拉到我曾經深愛的「你」身上。

「那倒是不曾發生的。我只是一個工藝者，」「嗯，除了一次。你看看那邊放在櫥窗一格，遙遙與其他模特隔了開來的一個，那個掛著神秘微笑、一目哀愁，腳踏一池水仙花的女子，不，女模特人偶；我做出來後自己也為之傾倒。」

「太懾人了。」

「那可有賴來訂製她的那個未亡人。他不僅交來一輯照片。還寫來一摞摞文字，小說、散文、詩歌，一年一篇文字畫像，積成了牆邊那個小書堆。每年因為他交來的東西，我又覺作品未盡完美，一年復一年，那男子定必一來。就是這樣，我這凋零的店，本應早關門了，卻成了一個永遠的現在進行式。」

「確實近乎完美。只差你在她口中吹入一口空氣，就可以活靈活現，成為真人在街上走動起來。」

「先生，這只是你的錯覺。人偶永遠是人偶。即使在她們的底部加上一個旋轉舞台，她們也只能按設計地旋轉，不能隨興隨心走路。」

「是的，我們又找到她一個缺憾。未盡完美，我們又要多等一年了。」

「今年又多了一篇文字，我會再細看一番。」

說到這裡，我跟那櫃檯男子竟已是並肩而坐，眼神不曾交碰，卻共同朝著眼前的櫥窗觀景窗靜觀。黃昏退去，黑夜降臨，這店子的玻璃窗也如城中不少玻璃幕牆，到了晚間，從外望進仍是一塊玻璃，從內望出外卻變成一塊鏡子。玻璃櫥窗成了一道鏡子迴廊，把無人認領或尚待接走的櫥窗人偶，映照出許多分身來，其中兩個影像，還包括櫃檯男子與我。

「十年了。」

「十年了。」

「直至徹底遺忘。」

「直至徹底遺忘。」

「惜海棠無香。」

「但海棠依舊。」

「明年再見。」

「如若初見。」

●初刊於《南方人物周刊》二〇一四年十月二十七日三十七期，及《香港文學》二〇一五年一月第三六一期「香港作家小說專號」。

婚姻與獨身——

現代彼得潘的原初情結

1

小飛俠究竟有沒有愛過雲迪呢？在*Peter Pan*這齣劇作（或後來的小說*Peter and Wendy*）中，作者J.M. Barrie並沒有告訴我們。但我們可以猜想，把雲迪及其兩個弟弟拐走的小飛俠（可能是唯一一個把孩子拐帶但毫不可惡的人——因他永遠不會長大，所以永遠作不成「拐子佬」——母親小時候常常唬嚇我們的壞人），最終必然會把雲迪帶回濁世的安樂窩中。雲迪的母性只可能是給與兩個弟弟及其他失落的孩子，小飛俠本人好像是有點厭母意識的。姑且不說母性，彼得與雲迪是不可能結合的，因為一旦結合了，小飛俠就不可能再是一個孩子了（又或者反過來說，因為他永遠是「長不大的孩子」，所以他永遠不可能進入婚姻）。

我怎麼會想起小飛俠呢？是因為面前那個男子的景象。他獨自坐著，低著頭，他的臉孔我看不清，猜想是有點憂傷，微黃的燈光從他頭頂前方打來，角度剛好把他的影子投射到他端坐的位置的後方地板上，乍看好像一個人的肉身的影子分裂了，需要拿針線來把它們重新縫合起來。

坐了良久，現在他終於抬起頭來了。如果每個人都有一副屬於他的神情的話，面前那個男子的神情，必須用一個移動鏡頭來捕捉（定格菲林在這時候有它的限制），他低著頭、沉思著，頭微側，眉頭緊緊皺著，然後慢慢抬起頭來，轉臉望向正中，像在照著鏡子，又像望向空洞，假想在鏡子或空洞的背面，有一對眼睛在盯著他，這對眼睛，可能來自他與影子的自我分裂，可能來自一個遙想的虛構存在（有些時候可能是想像性的神），在洞察他的迷惘，在細聽他的獨語；然後，他緊皺的眉頭鬆開來，露出一個曖昧難測、隱含憂思的笑容。

這個神情已經苦苦追隨他好幾年了，最近則越發頻繁，每天他的迷惘時刻突襲多少次，這個神情就上演多少次。表面看來，把他帶入深深迷霧中的，是一句非常情節劇的對白——「我真的需要與一個人同住，我受不下去了」——有一個女子，在走過了社會認可的適婚、適孕年齡，越發覺得獨居生活難以承受的邊緣上，向他提出共同生活的要求（或追求）。

這樣的一個情節，實在是千萬人海的千篇一律的故事。總是會有一方提出的，男的，或女的，共同想望的，或某方施加壓力的，結束戀愛長跑，步入婚姻階段，無論婚姻意味著愛情的昇華，還是戀愛的墳墓。而即或是墳墓，婚姻還是會叫人憧憬的，因為，長期的戀愛等於長期的流浪，儘管浪漫卻是會令人身心疲累的。所以，很多人結婚的理由，其實是想穩定下來，從某意義上說，就是結束人生某種漂浮的狀態。儘管現在是二十一世紀，儘管現在是多元關係的年代，據說同居、不婚、再婚、「半黏伴侶」（Semi-detached Couple）、「分居一起」（Living Apart Together）種種關係層出不窮，但亞里士多芬（Aristophanes）二千多年前說的人生下來就是尋找缺失的一半重新縫合方至圓滿的神話，仍是有異常牢固不容破解的力量。

我們姑且叫這個持續維持著某個神情的男子為彼得，那個向他提出一起生活要求的女子為多芬。我不會說名字是不重要的，在後現代生活中，名字跟其指涉的物事往往已脫鉤了，名字作為符號的武斷性被當代語言學家盡情剖開，但在一個小說中，作者往往搜索枯腸於為人物賦予一個有象徵性甚或寓言性的名字。

「我真的需要與一個人同住，我受不下去了。」對於一個漸感歲月流逝的女子來說，實在是非常尋常的想望。令彼得深感迷惘的，也正正在於這句話的尋常性。也即是說，假若他的情人向他提出一個不合情理的要求，他還可以簡單避開，以搪塞、哄勸、玩笑、拖延、轉移視線，或者直接否定，但當這個要求是極可理解、合乎人性、常理、為眾人所認同的話，他反而沒有逃避的理由。而且，要求本身，除了作為內容，還是一種形式，也即是說，無論情人的要求是甚麼，當它於她是嚴肅、沉重、認真的話（哪怕是要你飛上天空摘下月亮），那作為戀人的你，便沒有忽視的理由。

2

但令彼得害怕的，同時也是生活的尋常性。他在年少的時候，已決心走一條不跟隨大眾的路。在人們撐著惺忪睡眼晨早逼地車上班的時候，他希望他仍然有躺在床上的自由。在人們迎著落日一個勁兒如潮退般湧向下班的回家路時，他希望他有逆向行走的自由。在人們以積極向上、事業有成、成家立室、安身立命為人生成熟的指標時，他希望他有自我定義成熟的自由。他站在了置業、置家、結婚、生兒育女這些平凡不過的人生想望的對立面。也即是說，某程度上，他站在了多芬的對立面。

不要說成家立室，長年累月與同一個人大被同眠、翌日張開眼睛便看到同一副面孔的生活，對他來說也是難以承受的。沒有距離的親密最終必然扼殺親密，他這樣想。如果由單人床走進雙人床對很多人來說是邁向人生另一階段的話，他會以最大力氣捍衛他睡了三十多年的單人床。如果離開父母家、自行組織家庭——像鳥兒離巢，自築巢穴，對很多人來說是邁向成熟的必然之路，他寧願走一條在眾人眼中與成熟無干、跟必然相悖的曲徑岔路。

「組織家庭」這四字對他從來不構成誘惑，如果不是他欲以驅趕的魔咒的話。他不否定他人追求的幸福，只是「你之靈丹，我之砒霜」，生命常常如是。他對親情的觀念很淡泊，對他來說，親人的網在他出生那天大概已佈下了，他沒想過有擴大這個網的需要。對他來說，親人的本質之一就是「命定的」、「無選擇性的」、「給予的」——爸爸、媽媽、姊姊、哥哥，在他張開眼睛呱呱落地那刻就為他人生舞台預備好的必然角色（在人生的初始階段，他們是佔著中心位置的主角，隨著成長逐漸化為配角），他覺得這些親人角色在他人生中已經足夠了。相對來說，情人是自由選擇的（當然，在亞里士多芬的神話中，「失落的另一半」也是被命定的，但假若被命定的不為你所知道，那你便等同於享有絕對自由），是以，將情人變成妻子，對他來說意味著一種不可通融的本質轉化——從本屬「自由選擇」此端的愛情生命場，轉向本屬「命定的」彼端的親情生命場；到最後，兩個遙遙相向的生命場被壓縮為一個，親情的網在退居次位的好一段時間後，復又奪回它主宰生命的力量。他不希冀這種成熟，他希望永遠保有兩端各有所屬的生命場，情人就是情人，親人就是親人，他不希望把兩者混同，他不希望親情力量的壯大把愛情扼殺（他聽說是很多人婚姻的歸宿，也即是，「婚姻是戀愛的墳墓」這一版本，婚姻誕下了妻子／丈夫，謀殺了情人），即使這不是必然的結局，他承擔不起這可能的後果，也看不到有任何吸引要追逐這場婚姻賭博的遊戲。

但問題也正正在這裡。多芬把「談戀愛」看成一個向著婚姻泊岸的過渡期，而彼得則希望把「談戀愛」延擱為人生的永恆狀態。他把婚姻看成一場幾乎是必輸的賭博，而對多芬來說，賭博的成分則在「談戀愛」的過程中，贏的話，得來配偶，輸的話，失掉青春。婚姻是一艘船隻的錨，多芬看到的是安定，彼得看到的是擱淺。對多芬來說，岸是令人無限憧憬的，對彼得來說，岸若非不存在的話，便是要從中撤離的。他希望一直走在路上——在路上——做一個永恆的漂泊者，做一個永遠的愛情詩人。「你只是一個不願長大的Peter Pan。」多芬抱怨說。其實，他只是一個親情淡薄者，以及，一個不可救藥的愛情主義者。

3

不僅如此，一旦走入婚姻制度中，意味著你要扛起額外男權社會約定俗成的角色。男人應該是堅強的、保護女性的，婚前你怎樣「不定性」也好，婚後你理所當然地是一家之主了。這樣的話，他父母也曾向他年輕時的哥哥說過。即使他們尚未結婚，多芬也不是沒有說過這樣的話：「我想有一個好man的男人。」聽到這話，彼得暗忖是否有些東西搞錯了。他外型上明明不是那種很陽剛的男人，事實上，他的臉孔是有點男生女相的，五官標致，性格也是屬於比較纖細、敏感、柔性的男子。這個多芬一定是瞭解的，某程度上也是欣賞的，但怎麼她仍會說，跟彼得彷彿風馬牛不相及的，「我想有一個好man的男人」呢？這句話若非純屬打趣，便是不經意地流露著她心底的缺失，由此而轉化成她對他的未來期望。又或者說，這話透露著一種距離——面前她愛著的那個男子彼得，與她愛著的一個男性鑄模之間，那未可縮減的距離。

甚麼是「好man」呢？那要回到多芬說這話時的情境，二人在家中一邊吃飯，一邊收看電視轉播的一齣男性動作電影，其中一個一身肌肉「型男」主角出場時，多芬忽然從口中吐出了這句「好man」的話。這是一種力量的形容。彼得其實並不反對力量。但那種鋼鐵型沉默硬漢原型，在觀影時卻鮮少獲得彼得的認同代入。於是，一時想及，彼得引老子的話來回應多芬：「天下柔弱莫過於水，而攻堅強者，莫之能勝。」換來的卻是多芬的調皮話：「你是紅顏禍水嗎？」他唯有繼續以玩笑說：「不，我是水性楊花。」

不錯的是，若以一種物質來代表彼得，水比起鋼鐵確是準確多了。這不僅是說他五行屬水，而更是水的本質——水的流動性、變形性。在性別這一問題上，彼得希望有更大的流動性，他不明白為何在性別研究上（大學時他修過這些課），總是把fluidity歸於女性、rigidity歸於男性。事實上，他身邊的女子總是比他強悍、硬朗、斬釘截鐵。他更情願做一個雌雄同體。這並不是說在生理上他希望做一個不男不女的陰陽人，而是，在生下來即為男子的前設下，他更希望擁有或保守人們所謂的「陰性氣質」。這樣，我們又可以回到*Peter*

*Pan*這一劇作上。在傳統的*Peter Pan*演出中，常常是以女孩子來扮演Peter Pan這角色的。一個長不大的孩子，以性別混同的氣質呈現。這又令我想到在心理分析學說中，人在原初階段中本是雙性（initial bisexuality或androgynous whole）的說法，到後來的「伊底帕斯」成長期方被導入「男性主體」與「女性主體」的性別分野中。這樣說來，雌雄同體就有著一種懵懂未開的原始性，對於雌雄同體的想望，其實是回到原初的欲動，跟拒絕長大的想望暗暗聯在一起。現在回想，彼得成長階段中，第一個震驚是生出喉核的一刻，這實在是可以理解的。他一把清純的童音消失了（他十二歲前一直在參加童聲合唱團），頃刻間轉向暗啞的男子嗓音，從此喉核卡在喉頭間永不剝落——無論他多麼不願意，他終究是會成長的，完全的Peter Pan在現世根本是不存在的。一旦進入婚姻，意味著他必須義無反顧地做一個成年男人，及扛起由此而來的重責，把他丁點對雌雄同體的還鄉想望也徹底粉碎。婚姻是一口比真實喉核強大百倍的喉核，卡在無形的靈魂頸項。想到這個意象，他震顫了。

4

所以說，彼得心目中仍是有「岸」的，只是這個岸的停泊處在生命的原初，也就是，你甫出生已離開，不能折返的一點，然而，這一點又蔓延開來，覆蓋著有生的永恆。如果多芬想望的岸頭是築在未來的話，以「快樂的家」為現世樂園的話，彼得則是面朝著過去、不斷從現實中撤離，以「原初」作其「永無島」（Neverland）之所屬，已然失落才能真正成為樂園，也許只存在於現世以外的彼處（如文字世界），那裡停棲著一隻愛倫・坡筆下的黑色大鴉，反覆喊叫著一個單字詩語：「Nevermore」，飄蕩於「永無島」的空氣之中。

那到底何謂原初呢？英文我們可以想到好幾個詞彙，如primordial、primeval、pristine，都從同一個字根組成：從拉丁文的primus轉化至後期拉丁文的prima，從古法語的prin轉化至古英語的prim再至現代英語的prime。一天中最早的時光，也就是旭日初升之際；一年中第一個季節，也就是大地回春之時，都稱作「prime」。「Prime」，其根本意義是「最先的」、「主要的」——原始的，同時是基要的，primitive和primary是孿生嬰兒，不可分割。從詞源學來說，我們的先賢似乎一早已認識到「原生」的狀態中，包含著生命最重要的東西。

這一種想法一直延綿至當代的心理分析。人類的初生狀態，佛洛伊德喻作「海洋自我」（oceanic self），拉岡語帶幽默的喻作「庵列人」〔*l'homme-lette*——由法文Homme（人）與Omelette（庵列）撮合而來〕，也就是，身體仍是混沌一片所有邊界尚未存在的狀態。之後，不同的邊界開始出現，如海綿一團的身體被分割成不同的區域，原慾被導引向不同的性區域如口腔、肛門、陽具、陰道等，之後，「自我」與「非我」、「個人」與「他者」、「男」與「女」種種邊界逐漸形成，人們離開最先的「真實界」，被永恆地放逐到「想像界」及「象徵界」，在取得文化、符號、語言的能力之時，人們卻無可轉圜地斬斷與原初連接的橋樑，陷入永恆的「失落」（lack），由此而推動我們無休止、永不饜足的慾望（desire）。也可以說，文化權力的擁有，是以「原初的失落」為代價的。

以此來說，那些「永遠的孩子」，在文學中有Peter Pan、小王子，以至在《鐵皮鼓》（*Tin Drum*）中那個自殘致使自己停止長大的奧斯卡（Oskar），我們可以給這些性格原型一個定義，他們其實就是那些沒能完成由「真實界」過渡至「想像界」、「象徵界」的人物，也就是那些沒能交出「原初的失落」作代價，以換取文化權力的人。在這種意義上，他們其實是一種「無能兒」——「不能長大」是一種能力障礙（incapability），但因為這種「不能」，他們卻保有了那些「最先的」和「主要的」完整性，因此他們同時是病態而又豐富的。在文學的世界，我們為他們虛構了一所容身之地（小王子的小行星B612、Peter Pan的Neverland），在這容身之地中他們的豐富得以被光照，因此由小孩至大人無不愛上這些書中人物。但可悲的是，這些「永遠的孩子」一旦落回現實，由於現實中他們無處容身，由於他們與現實格格不入，他們的病態一面只會被放大，以致被診斷為瘋子、病者。瘋狂與理想常常是一線之隔。

藝術世界可以走極端，但現實世界卻無處不是妥協。沒有人願意被看作瘋子、病者，除非自我意識已然喪失。所以，在現實世界中，完全的小王子、**Peter Pan**是不存在的（現實世界沒有為他們預備一席之地，除了「瘋人院」）。所以，當我說彼得有著「永遠的孩子」的屬性，這只是就某精神面向的程度而言。他有著一種似乎比別人更能保鮮的「純真」，但他同時又進入了成人世界。他注定是半人身半馬身的怪物（射手座的形象），永恆地拉扯、擺邋於純真與世故之間。是的，世故，英文為 sophisticated，即 primitive 的相對；在原始與複雜之間，是一道長長的光譜。

5

叱吒風雲、連一座 Xanadu 都可擁有的「大國民」，也有他永恆失落的玫瑰花蕾（rosebud）。玫瑰花蕾作為一件小物件〔拉岡心理分析學說中的「小物件」（*petit objet a*）〕，是他原初失落的投射，不為人所知道，也許連他自己也不能言說。一若英瑪褒曼電影中的野草莓（wild strawberry）。

因為原初本來是非語言的，當我們進入「象徵界」，便注定困於語言的囚牢，我們無法脫離語言而思考，於是原初的失落，變成一個永在卻永在他方、可以感知卻不能名狀的隱晦之物（是以我企圖以語言來詮釋它，終究也是徒勞）。

那彼得的玫瑰花蕾是甚麼呢？他有他的野草莓嗎？

有，多芬就是他的野草莓。十七歲半的多芬。剛十七歲的彼得。一個生於盛夏，一個生於嚴冬。盛夏跟嚴冬遇上了。要說這是一個青梅竹馬的故事可能有點老套，不如說他們識於微時。可「識於微時」這四字於彼得來說卻有著神聖的意義。因為他那麼青春，那麼熱愛青春，到後來則逐漸是眷戀青春，所有在年少稚嫩時發生的深刻事，都給他披上了一道神聖的光環。神聖的意思包括：田園詩一般的浪漫、盛夏一般的燃燒、年少一般的輕狂。以及那關鍵性的Primus：最先的，即為主要的。

多芬正是在這道光環中，闖入了他的人生。

連出現的背景都是那麼神聖：他們在教會中認識。他們分別就讀兩所基督教兄妹中學，中學禮堂的福音似乎沒有傳進他們的耳裡，以致他們要向外尋索，在毫無約定下，他們同時叩上了同一間教會的門，生命的軌跡因而相交了。

如果每個人都有一副屬於他的神情的話，多芬多年來不變的神情是，非常燦爛甜美的笑容。外型上，她是那種嬌小玲瓏的可人兒，十多歲時剪了一頭短髮，T恤短褲，蹦蹦跳精力充沛活脫像一個男孩頭，拍照時一隻手奔放地搭著你的膊頭（腳尖可能要稍微踮起），嫣然一笑，掛著長睫毛的眼睛擠成曲線，面上嚓嚓的紅，櫻桃小嘴咧開盡情展露兩排整齊雪白的牙齒，那兩顆白兔門牙分明就是「動如脫兔」的寫照；其間的門縫招引你又把你彈了開來。

在沒有多談話前，彼得就被這笑容迷住了。想不到這剎那的笑容，在往後人生久久不能消散，又或者說，消散了卻又復現了。愛意的萌生常常在於神秘的一剎，這個陽光燦爛的笑容，一直笑進了落日，笑進了陰暗，笑進彼得的心坎裡去了。

他們其實並沒有真正談戀愛，連手也沒碰過。彼得還不太明瞭那種心如鹿撞，在心臟與胃部之間彷彿有甚麼東西在揉搓扭捏的感覺。只是在教會中，他們常常是最投契的一對。他們一起參加主日學、參加團契、唱詩班，一起辯論創造論與進化論的問題，一起討論復活的意義，一起到醫院作福音佈道，一起看《荒漠甘泉》、《天路歷程》、《為什麼我不敢告訴你我是誰》。到後來，多芬在牧師的主持下進行了浸禮，半身給弄濕了的她煞是可人，很多人送上鮮花，彼得站在席間一角。多芬投入了，投入進主的懷抱了，而彼得總是遲疑的，遲疑於信與不信之間。「信者得救」，他永遠在盼望救贖與拒被救贖之間。

盛夏，福音營。團友在會堂中他們靜悄悄地溜到草地上觀星去了。哪裡是雙子座呢？哪裡是射手座呀？最亮的一顆是天狼星嗎？他們抬頭，在漆黑夜空中搜索著，那夜卻是雲霧繚繞，連月亮都含羞答答躲在雲層裡面，最亮的「星」其實只有眼前一顆。也許彼得把頭抬得倦了，後來不知怎地他把頭顱枕在了多芬的腿子上，星團亂冒天空因此更加遼闊了，這點到即止的纏綿，便是他們最親熱的肌膚之親了；在往後許多許多個失眠晚上，彼得再也找不到比這雙腿子更舒服的枕頭了。彼得在這刻想，如果時間就在此刻停頓，也許他就可以直通極樂島了，只是在這當兒，多芬返回了現實：「明年便是大學試了。我們要各自努力，積極備戰。God Bless You。」

6

他們親密的時光，就這樣只維持了一個夏季。升上高考二年級，多芬積極備戰，而彼得呢？可憐彼得仍陷在他的存在迷思，老師在黑板上寫著一堆堆符號，他則「生活在他方」，在課室內冥思存在的意義、神是否存在、全知全能全善的神怎會默許苦難等等徒勞無功之事；成績的下滑跟靈魂出竅的程度成正比。同學都買來前十屆大學公開試試題，企圖從他人的過去尋找寶藏，只有他，覺得這樣的備戰方式實在太功利了。一個本來成績優秀的學生，短時間內成績如「插水」一般下滑，自然引來校方一點關注。彼得被轉介給校內社工，社工約他進行了數次交談，多年後他把這名社工的臉孔忘記得一乾二淨，倒是他一句肺腑之言仍清楚記得：「人生問題不是你現在想的。待升上大學，你有很多機會想，就等於升上大學後，你有很多機會談戀愛一樣。」他不知道社工怎麼把人生問題跟戀愛掛鉤了，他唯有依著社工的思路回答：「你說得沒錯。但存在的困惑跟戀愛的降臨一樣，根本是不可理喻的，也就是，根本沒有所謂最佳時機，它們要來便來了。它們突如其來，像暴風雨一樣，忽然之間，考試成績的意義給完全比下去了。」

多芬與彼得其實也不是完全沒有聯絡。他們偶爾也會見面，偶爾也會互通音訊，多芬總是會給彼得寫上一兩句鼓勵話，如「我只有一件事，就是忘記背後，努力面前，向著標竿直跑」，又或者「生命本不易過，但有人偕行，便能從容上路」——多芬並沒有任何暗示，只是囑咐大家並肩作戰罷了。

他們也曾討論人生的方向，這自然表現在大學主科的選擇上。這裡必須要交代一下他們成長的文化環境。在他們居住的城市中，中學被分成不同等級，其中一些又被標籤為名校（被戴上了光環），其中名校又多數是教會學校，要追本溯源的話，可能真要回溯到早年西方傳教士隨殖民者的步伐移師東方世界的歷史。這些歷史沒有同學關心，老師也不會費唇舌講解（連老師自己也不知道）；他們一個個對著大學選科躊躇滿志或者眉頭猛皺的時候，都像在做著人生的重大決定，沒意識其實個人早被拋擲進不為他們意志所動搖的更大的文化歷史環境中。從這點來說，多芬和彼得都來自同一的文化傳統，可稱之為精英主義傳統，精英主義在他們就讀的名校的日常生活演繹是：社會是建基於競爭的；汰弱留強是遊戲規則；好勝心是可取的，有時甚至到了一個極端程度：得第二的與敬陪末座無異（以彼得多屆參加校際合唱團比賽的經驗得知，亞軍即使不是叫學校蒙羞，至少也是不值得雀躍的——這充分反映於把他們當精兵一樣訓練的喜怒形於色的音樂主任的表情上）；以及，重理輕文，以專業人士為社會棟樑的模範。在這些文化傳統下，他們就讀的中學，每年都向大學輸出一大批早已作好助跑姿勢一心要跨過醫學院門檻的學生（其中，國父孫中山又成了最大神話）。在這些大量生產的優質模子中，有多芬的份兒。她希望考入大學最高學府的醫學院。而彼得，面對人生理想全押在一次性考試這殘酷兼不可解的現實上（同學口中所謂的：「一試定生死！」），益發覺得生之荒謬；在這個意義上，大學試的確與存在意義拉上關係了。他多次想到棄甲曳兵，提早踏出校門，以人們眼中愚不可及的放棄行為，作出他英雄式的反叛之姿。

也不能說所有希望披上雪白醫生袍的，都是覬覦醫生的社會地位的。或者應該說，對一些可以選擇的人來說，理想和金錢不必然是對立的，如果你有本事的話，魚與熊掌，兩者可以兼得。

多芬便曾對彼得說：「醫生的社會地位固然高，但我也不純是為了這個理由。我希望做一個好醫生。我想幫人。我以為從一個人的身體入手，就是最直接的幫人途徑了。」

「我不知道，如果人真有靈魂和肉身的二分，我想，我對靈魂的興趣大一點。」彼得說。

「對靈魂的興趣大一點，你也得要努力呀。靈魂的研究，在今天的專業化社會，也得在大學的哲學系安放。」多芬叮囑。

對於多芬的老練智慧，彼得略感驚訝。但必須說，正是多芬的意見給彼得指出一條去路，挽他於半途放棄之中。又或者說，彼得本來就不會真的棄考，儘管棄考的念頭（以放棄作為一種宣示）在靈魂裡迴旋多次，但它沒有真的通到肉體。靈魂反叛，肉體順從。靈魂號召罷工，肉體尋求和解。多得靈魂與肉身的二分，彼得考入了第二大學的哲學系。而多芬當然如願以償，順利過關，跟半班同學一起做了準醫生了。

這是他們最後的一次談心。靈魂和肉身的二分，把他們一個指向東，一個指向西，向左走向右走，竟至多年不曾相遇。那個靈肉碰撞的夏季，就好像夢境一般，隨著時間變得疑幻疑真起來。升上最高學府的多芬，是學校的活躍分子，風頭甚勁，在讀書與玩耍之間游刃自如，但也耗去了大部分的心神。這個時候，她已經無需再「向外尋索」，學問、友誼、宿舍、男孩子、宗教信仰在最高學府內一應俱全。她也沒多回到那間把她身體弄濕了的教會，第二年，她在醫學院團契已經當上幹事了。而彼得，跟多芬的群體生活頗成反調，他常常躲在個人的書本、音樂世界之中。他疏遠了人群，還疏遠了教會。他不僅疏遠了教會，還疏遠了基督教，從前的《荒漠甘泉》、《天路歷程》、《為什麼我不敢告訴你我是誰》，換了《異鄉人》、《嘔吐》、《查拉圖斯特拉如是說》。「信者得救」的旋律還未奏完，「上帝已死」的另一旋律已經趕上場了。

盛夏跟嚴冬遇上了。遇上了，又分開了。他們生活各有所忙，各有寄寓，各有驚喜，各有失落，各有各的青春荒唐事，多年來竟然不曾相見。儘管，彼得每年還是會拿出多芬的舊照思量，仍是會為她的燦爛笑容迷住，這彷彿成了每年迎接盛夏的一道神聖儀式。但這個笑容，畢竟已追隨星星的步伐，躲進厚厚的雲層間。生命軌跡的再度相交，竟是十年後的事了。這個時候，多芬已是一個醫學部門的主任。而彼得，則是嶄露頭角的青年作家。曾經熟悉，之後是長長的空白，再度相遇，說不出到底是知交，還是陌生。或者，陌生比知交多一點。

7

這樣，我們便一下子跨到現在的時空。現在距離他們的重逢，又踏前了五年。以上我說到他們「尚未結婚」，這聽起來雖然平常不過，但彼得對此必有異議。很多時候，我們說到「尚未」（not yet），都意味著虧欠（still outstanding）。譬如說，一筆尚未還清的款項。譬如說，一顆尚未成熟的果子。這裡，「尚未」又意味著必然性。償還一筆債款，其必然性建基於責任。尚未成熟的果子漸趨成熟，則包含在果實本已的存在目的論之中。

將人生看作一個債的羅網，的確是頗為尋常的看法，其中常常糾纏著前世今生的觀念。佛語有云：「百年修得同船渡，千年修得共枕眠。」《紅樓夢》裡的林黛玉，前身是絳珠仙草，受賈寶玉前身神瑛侍者日以甘露灌溉，得久延歲月，並脫卻草胎木質，今生便來「還淚」：「但把我一生所有的眼淚還他，也償還得過他了。」在彼得母親的口中，則是平民通俗版的「無仇不成父子，無怨不成夫妻」，他小時候不時受耳濡目染，但小小的心靈沒把它看成真理，倒是把它聽作母親把委屈疏導為宿命的傾訴——是的，相信宿命，有時也是一種安慰。作為基督徒的多芬自然並不相信這套，因為基督教的時間觀是直線的，不假設輪迴轉世。

對多芬來說，婚姻更近於尚未成熟的果子漸趨成熟的例子。這種成熟是人生的必然，包含於生命的本已存在之中。「尚未」結婚，是人生有待填補的虧欠。這種虧欠與債款也有著本質的分別。在債款的虧欠中，歸攏的部分（已還清的款項）與虧欠的部分（餘債）具有相同的存在方式，簡言之就是數字，其中不涉本質的轉化。婚姻則不然，由獨身轉向婚姻，則是個體生命的本質轉化（昇華），如果實之自我成熟。「尚未」結婚的虧欠被填補後，隨之而來的是

「尚未」生兒育女的虧欠（儘管在今日的世界，結婚與生育的關係已被大大割斷）。對此，多芬沒有那麼執著，她願意在這點上作出妥協，只是她每次參加完家庭團聚，看到姪子姪女又長高了幾分幾吋，準會在夜闌人靜時輾轉難眠。

彼得對生命則有著不同的理解。把人生喻作果子漸趨成熟，他也許不太反對，但以上提到：「他希望他有自我定義成熟的自由」，此乃關鍵所在。那在他看來何謂成熟呢？那就是，有自己的一套思想價值，並忠於它，把思想價值貫徹於具體的生活之中。在這定義上，Peter Pan 其實並不真的抗拒成熟，他其實有自己很強的信念，只是他的思想世界與主流價值不一致，便成了「永不長大的孩子」。

而且，如果生命真如果子，對彼得來說，這果子是個體生命。在彼得看來（但他沒說出口），多芬的「破綻」在於，她把婚姻看成果實之成熟，卻是要把另一果子拖下一把的。對此，多芬對「個體」有不同的理解，源於聖經的：「共負一軛，便是合而為一，在婚姻之中，再不成有兩個果子之分了。」這樣，我們又回到以上提到對於雌雄同體的想望。對彼得來說，他把雌雄同體的想望放於個體的人性追求上，就是意欲返回原初性別還沒完全二分割裂的狀態。而多芬也追求雌雄同體，卻是未來式的，她說：「你與我合而為一，便是雌雄同體了。」這又回到亞里士多芬的神話完成，兩個被分割的男女半體，重新回歸和諧完美的整合。

話說回來，把人生喻作果子，對彼得來說也不是不存恐懼的。因為，隨著成熟，果實完成（fulfils）了自身。完成同時意味著終結（ends）。他害怕終結，他寧願人生永遠是開敞的。「一粒麥子落在地上，結出許多子粒來。」說得很美，但他不願意做那落在地上的麥子。因為落在地上，即是死亡。

更根本地，他希望扭轉把「尚未」看作「虧欠」的想法。也就是，「尚未」並非「完整」的相對。與其把「月缺」看作「盈滿」前的虧欠，不如把虧月與盈月，看作月亮的不同生姿，沒有孰高孰低的比較。更何況，所謂「虧月」與「盈月」，只是我們的知覺經驗，月亮本身就總已作為整體而現成地擺在天空。

每逢填寫個人資料表格，遇到「未婚」還是「已婚」的選項時，彼得便暗暗皺眉，他覺得自己兩項也不屬。他想，不是「尚未」，是「沒有」。「尚未」總是與「虧欠」與「必然」糾纏。不是「尚未」結婚，是「沒有結婚」。「沒有」和「已經」不應被置於一負一正的天秤兩邊，而應被視為兩種不同的存在狀態。連「無」都是一種「存有」。也就是，獨身與結婚，都有它各自的不同風光，前者並不一定是後者的「尚未」。正如你沒有參加一場派對，你可能獨個兒在家中看了一本書。你沒有派對人的歡樂，派對人也沒有你看了書的滿足。

只是，想法歸想法，當落回到現實，彼得就沒有那麼容易招架得住。總是到時到候有人（可能是不相熟的朋友，更多是隔相當時間才見面的親戚）這樣問他：「還未結婚呀？幾時結婚呀？大個仔喇！」

在這個時候，思想退居幕後，他多半又再落入「尚未」的圈套：「未呀，我有婚姻恐懼呀。」於是，他一再把「沒有」變回「尚未」，一再把「尚未」等同「虧欠」，而做成「虧欠」一直未被彌補的原因，則出於自己的軟弱：恐懼。一而再再而三地，他落入靈肉二分之中，靈魂堅強（思想價值），肉體順從（嘴巴）。

●原刊《香港文學》二〇一四年一月第三四九期「香港作家小說專號」。

在街上跳最後一場離別舞

來，離別前，讓我們跳最後的一場舞。

在哪裡跳呢？何處是我們的舞池？

在城中跳，在街道上起舞，踮起腳尖如芭蕾、原地旋轉如蘇菲，或踏重拍如踢踏或費明高，隨心所欲就可以。

城市的街道何其多，從哪裡跳起？

所有的開始都是任意的。所有的路徑都是蔓生的。

讓我們做點不合時宜的事。（譬如說？）譬如在尖沙咀的五支旗杆等。（五支旗杆，曾經也被換過旗幟。這裡一排的電話亭不知還有沒有人用。）然後搭一程天星小輪過海。（好，今天不搭地鐵，罷。）維港越縮越窄了，可幸海風仍是颯颯。（但維港兩岸的高樓招牌，多了很多ＬＥＤ和中國品牌，很刺眼。）這是美感淪落的年代。（所以像你這種人，目睹這城的變臉，不會活得開心。美麗都在上世紀。）柴油渡輪把我們帶到的地方也不同了。船泊岸於愛德華殖民風格的新造碼頭，卻是偽古董。可幸渡輪仍是原初的綠白相間。（你在懷舊嗎，懷舊可是一種罪名。）我是念舊之人，非懷舊，但我以為，懷舊也不必然就是空洞。人的情感並非單一。猶記得十多年前的一夜，我跟你乘上最後一班由中環愛丁堡廣場天星碼頭開出的渡輪。船滿座，我不認為最後來送別的人都只是湊熱鬧，我在他們眼中也看到真情。（船員將粗麻繩圈在繫船柱時，我心也隨之抽緊了一下。）事情的落幕不免使人哀傷。那一夜我仍記得，二〇〇六年的十一月十一日。（「我們同渡滄海，看著時代不再，前塵全被覆蓋，何以固執不改……」）很久沒聽你的歌聲，在街上流過。（是的，人的情感非單一。我們也曾在碼頭靜坐。）一個人可以同時唱歌與靜坐，惆悵又憤慨。（鐘樓被棄於堆填區中。）皇后碼頭的牌匾不知哪裡去了。（當年在碼頭垂釣的老翁也不知哪裡去了。）不如我們到舊碼頭那邊走走。（那裡今天成了中環灣仔繞道，進不去了。）一如我城的很多地方，曾經開放，如今閒人免進。（船差不多到了。我們下船吧。）船下了我們就要分道揚鑣。（沒法子，人生路上，各人都只能伴對方走一程。）但我會記，百年修得同船渡。（你需要的不過是一個擺渡人。）

跟我乘一程電車好嗎？（當然好，「最熟悉的也只是電車」。）但電車亦也不同了。柚木電車逐漸被淘汰，多換了鋁合金。（可幸車窗仍是可打開的。）如果一天電車也密封，不如將我的嘴巴堵塞吧。（無風不成電車河。叮叮來了。）這一部別上，新式的，有報站系統，擾人清夢。讓我們等一部墨綠電車。（今時今日，無廣告外衣的表皮已不多見。）今天走運了，你看，面前竟駛來了一部１２０。（也真的別說我懷舊，為何舊東西的肌理比現在的美那麼多？）也確是，無可否認，舊的東西有一種細緻，莊重。這柚木窗框真的太美了。（這木製藤椅也太classic了。）不知何故，這質感，令我想到小時候用的藤書包。（原來你也用過，真的很想買回一個。不知在哪裡可以找到。）你看，這些「金魚缸」罩狀的鎢絲燈泡，也比白熾光管美多了。窗外的霓虹燈也暗淡了。（「恐怕這個都市光輝到此。」）你又開始唱歌了，唱不屬於你年代的。（這歌可是無分年代，現在聽一點也不過時。）坐電車你喜歡坐甚麼位置？（我喜歡坐在上排中間，靠窗，單邊或雙人座椅，看街道兩邊風景隨電車向前駛動在眼旁徐徐輾過。你呢？）我喜歡坐在最後排，以一覽無遺的角度觀看整個上層車廂。（這也是一個很文學的位置。）龍門酒樓沒有了。（Stella So的《龍門大電車》你看過嗎？）多少人仍記得興利中心（三越百貨也為人淡忘了）。張愛玲叉腰照相的蘭心照相館現在變了何模樣？（「悵望卅秋一灑淚，蕭條異代不同時。」）人有一定年紀，不懷舊是很難的。（也不一定上了年紀，我十七歲就開始懷舊。）有一天，我也會懷念跟你坐過很多程電車，那時你將不在我身邊。（莫向未來預支傷感。）你說的未來，已近在眼前。（是的，不是說電車很慢嗎，那麼快便到總站，我們也該下車了。）

讓我們來到鰂魚涌北岸，這裡有海灣街、海堤街、海澤街，名字為我喜歡的。我重遇你時正住在海灣街，好像要迎接名字也有一個「海」的你。（那如果我的名字是「花」呢？）如果你的名字是花，我們可以去擺花街。（我又不是花街姑娘。）西營盤有一條玫瑰里。（我又不是紅玫瑰。）九龍塘有一條海棠路。（可恨海棠無香。）還有還有，又一村有一條壽菊路。（我並不喜歡菊花。）真考起我。（那如果我的名字是樹呢？）如果你的名字是樹，那可有太多選擇了。（譬如呢？）譬如赤柱。譬如荷李活道。大角咀不可不去。這裡有杉樹街、橡樹街、洋松街、菩提街、槐樹街，我曾經給你拍照。（別被名字蠱惑。在那裡找不到這些樹。）美麗的名字總是動人的。你最愛的街名是甚麼？（歌賦街。）果是愛唱歌的夜鶯。（那你呢？）詩歌舞街，沒有比這名字更美了。（Sycamore，可是無花果啊。）路在口邊，誤會在路邊。我們的故事也是一場誤會嗎？（誤會也有美麗的。）曾經我那麼的愛海，現在想到死時，想見到一棵樹。（你這樣一說，我想到塔可夫斯基。）前面就是芬尼街了。

走到芬尼街，我不過一轉身，你便在街角消失了，但聲音仍迴蕩著，時近時遠，時隱時現，但終究是慢慢的褪。我記得你曾說，若一天我們不知何故走失了，不要報警，就回到原初之地。好像一個預言，但生命並無一場預演。

到哪裡尋回呢哪裡是我們的原初之地？於是我沿英皇道經新威園過馬路，再走到人稱「怪獸大廈」的海山樓。這裡如今是遊人的「打卡地」，但對於我，對於我們，這絕對不止一個景點，因為我們在裡頭度過了一段歲月，一段幸福時光。美利涼茶店仍經營著，但沒有你再跟我分吃一碗豆腐花。潔麗洗衣店那黑黑實實操福建口音的老闆還是那麼辛勤，只是我沒拿衣服到這裡磅洗也相當一段日子了。印尼小賣店那老闆仍那麼大模斯樣在店門前架起二郎腿，開著的電視機卻收斂了沒以前那麼響鬧。賣報紙的堅記士多的老闆仔參選區議員，可惜我搬離了這選區未能投他一票。天井的矮台築起了透明圍板，謝絕訪客走上去拍沙龍照。海山樓大閘密碼還一樣嗎，離開這麼久，手指按動密碼的軌跡依稀猶記。閒人免進但大廈看更仍認得我跟我打招呼還是他以為我仍住在這裡？我的心一半仍留在海山樓。人們說的，怪獸大廈。但我是在你離去後，才真正變成一隻怪獸。

原初不止一點。我坐上一架722巴士由鰂魚涌駛向金鐘。巴士向前進發，我的脖子不住擰轉。那年的九月，我與久別的你在金鐘重遇。那天大約下午五時多，我從中環地鐵站J出口出來，經過皇后像廣場、沿遮打花園徐徐向金鐘方向走，兩旁人行道上設有不少物資派發站，氣氛和平，完全想像不到，不過就是二十四小時前，隔不遠曾慘烈地施放過八十七枚催淚彈。我們遇上了，我們走上了馬路、天橋，甚至跳到屋頂上去。城市的例外狀態。人生的例外狀態。你那天綁著馬尾，我留意到你的黑髮，又留意到你那副我特別喜歡的玳瑁眼鏡，配著你白皙的肌膚甚美。我們忘記時光，一圈一圈走著，至日落黃昏，黑夜徐徐淹至。那段路走了很長呀，長得我足以記住一生，一輩子糾纏。日後我們把重遇那天定為我們的紀念日。我們以為這紀念日無盡期，或以壽限為結。原以為是人生終曲，未知原來是插曲。周年紀念我們曾回到金鐘現場，頭一、兩年，每逢這時候，仍有人在這裡聚集。回到現場我曾問你我們當時到底在哪裡相遇，你總是可準確帶回原點。那原點永恆，但又好像已經不在了。金鐘天橋回復車水馬龍，那個例外狀態，那個城市和情愛烏托邦只是暫時，一如所有的無何有之鄉。我們沒有佔領甚麼，只是那天你佔領了我。

時間尚早，我還可以跟你到哪裡去呢？走到盡頭，遠一點好嗎？結果，鐵路仍是要搭的。落馬洲邊境區，我從沒踏足，我屬於城市，這於我是陌生之地。你曾經帶我到這裡，沿梧桐河走，經過書香門第的料壆村、基督教信義會建的信義村，行到下灣漁民新村。如今的羅湖橋已是第五代，曾幾何時（或於今尤甚），這橋象徵分隔多於連結。一河之隔，對岸深圳的高樓大廈映襯新界這邊的村落。平安金融中心很高呀，深圳書城曾幾何時也是會去的。東江水引水管橫在眼前。有一棵檸檬桉，就在邊境線百米之外，灰白色樹幹上給人塗上了紅色的抗爭口號。眼前的花草樹木，於我這城市人也是陌生新奇。耳果相思拾起來果然像一隻耳。炮仗花也像一串炮仗只是不會響。木棉樹要長得比周圍其他樹高我聽過，可它身上長出樹釘以防止別物攀爬卻是第一次看到。小花十萬錯這名字也太有趣了吧，花生得細小可也不是它的錯，摘一朵給我們留念也許沒錯。你教我分辨芒草和蘆葦，大概是芒草長於高地，蘆葦長於濕地，後者難折，我想到聖經一話：壓傷的蘆葦祂不折斷，將殘的燈火祂不吹滅。如果真有那麼慈愛的神，那該多好。可惜我始終不是信仰者。但大自然的造化仍是可令人釋懷，於一時。那天天色很好，禿枝很美，魚鱗雲很美。五時多見到天空百鳥歸巢，擺出一種鳥的陣式，我想起詩詞「雁字回時，月滿西樓」，你告訴我那種鳥叫鷓鴣。未幾夕陽西下，天空染黃。連邊境我都跟你走了一趟，我還可以央你伴我多久？時間無多，始終都是要放手的。

我手輕握你指尖，你提起手來，沿地繞圈旋起舞來。你轉呀轉轉呀轉幾乎伸手就可捉到星星。是的，我也曾經讓你快樂無比，但快樂短暫，而憂愁長久。你轉呀轉四周旋起一片風身體如樹葉剝落般又像電腦特技般開始逐步瓦解幻化成影。一天將盡無所謂芭蕾拉丁探戈還是華爾滋，到頭來都是一樣的，因為舞之盡頭，所有舞都只是一場影子舞。你的影子由晨早伴我到黃昏，而究其實只是我拉著你的影子共舞，由樂而忘返到難分難捨。這樣我成了最痴情的幻想編舞家，即興地以城市作舞台。影子無緣活於黑夜。黑夜我變身貓頭鷹繼續將脖子擰轉。到明天或許週末，下雨天或者艷陽天，我又會把你的幽靈召喚回來，在城中所及之地，我們曾流連的地方，跳另一場，不可重複卻又永劫回歸的影子舞。

● 原刊《字花》二〇二〇年九—十月第八十七期。

FINNIE
ISLAND

當代名家・潘國靈作品集3

離

2021年5月初版　　定價：新臺幣350元

著者	潘國靈
繪圖	陳安蓓
叢書主編	李時雍
校對	吳淑芳
內文排版	極翔企業
封面設計	賴佳韋

出版者	聯經出版事業股份有限公司
地址	新北市汐止區大同路一段369號1樓
叢書編輯電話	(02)86925588轉5319
台北聯經書房	台北市新生南路三段94號
電話	(02)23620308
台中分公司	台中市北區崇德路一段198號
暨門市電話	(04)22312023
台中電子信箱	e-mail：linking2@ms42.hinet.net
印刷者	世和印製企業有限公司
總經銷	聯合發行股份有限公司
發行所	新北市新店區寶橋路235巷6弄6號2樓
電話	(02)29178022

副總編輯	陳逸華
總編輯	涂豐恩
總經理	陳芝宇
社長	羅國俊
發行人	林載爵

行政院新聞局出版事業登記證局版臺業字第0130號

本書如有缺頁，破損，倒裝請寄回台北聯經書房更換。　ISBN 978-957-08-5782-5 (平裝)
電子信箱：linking@udngroup.com

國家圖書館出版品預行編目資料

離/潘國靈著．初版．新北市．聯經．2021年5月．
256面．14.8×21公分（當代名家・潘國靈作品集3）
ISBN 978-957-08-5782-5（平裝）

857.7　　110005551